Isabel Allende wurde in Lima (Peru) geboren. Sie lebte bis 1973 vornehmlich in San Diago de Chile. Schon früh begann sie zu schreiben und journalistisch zu arbeiten, als Zeitschriftenredakteurin und Fernsehmoderatorin. Der Militärputsch in Chile, bei dem ihr Onkel, der Staatspräsident Salvador Allende, erschossen wurde, zwang Isabel Allende ins Exil, zunächst nach Caracas, dann in die USA. Sie lebt heute in Kalifornien.

»Erzähl mir eine Geschichte«, sage ich zu dir. »Was für eine möchtest du?« – »Erzähl mir eine Geschichte, die du noch niemandem erzählt hast.« Es sind Geschichten fürs Leben und aus dem Leben, die Isabel Allende hier erzählt, mit Leidenschaft, Erotik und Humor. Aber es ist weniger die grelle Liebe und Leidenschaft, vielmehr die stille, elementare Kraft, die dem Dasein außergewöhnlichen Sinn und Verlauf gibt. Eine Geschichtenerzählerin nennt sich Isabel Allende, die im Erfinden einer Geschichte dem Leben in seinen widersprüchlichsten und vitalsten Aspekten auf den Leib rückt, sich selbst und den Lesern zum besseren Verständnis. Ihre Geschichten spielen alle in einem Südamerika, das von den kalten Südzonen bis zum hitzigen Dschungel und den Küstenstädten der Karibik reicht. Überwältigend ist der Erfolg ihrer Romane – alle im Suhrkamp Verlag erschienen: *Das Geisterhaus, Von Liebe und Schatten, Eva Luna* und *Der unendliche Plan.* Ihr neuestes, ihr persönlichstes Buch: *Paula.*

insel taschenbuch 2362
Isabel Allende
Wenn du an
mein Herz rührtest

Isabel Allende
Wenn du an mein Herz rührtest

Geschichten

Aus dem Spanischen von
Lieselotte Kolanoske

Insel Verlag

insel taschenbuch 2362
Insel Verlag Frankfurt am Main und Leipzig
© der deutschen Ausgabe
Suhrkamp Verlag Frankfurt am Main 1990
© der Originalausgabe »Eva Luna«
Isabel Allende 1990
Alle Rechte vorbehalten
Textnachweise am Schluß des Bandes
Vertrieb durch den Suhrkamp Taschenbuch Verlag
Umschlag nach Entwürfen von Willy Fleckhaus
Satz: Hümmer GmbH, Waldbüttelbrunn
Druck: Wagner GmbH, Nördlingen
Printed in Germany

1 2 3 4 5 6 – 02 01 00 99 98 97

Inhalt

Wenn du an mein Herz rührtest

9

Geschenk für eine Braut

29

Tosca

53

Ester Lucero

77

María die Törin

93

Klein-Heidelberg

115

Die Frau des Richters

129

Wenn du an mein Herz rührtest

Amadeo Peralta wuchs in der Sippe seines Vaters auf und wurde ein Draufgänger wie alle Männer seiner Familie. Sein Vater war der Meinung, Studieren sei etwas für Duckmäuser – man braucht keine Bücher, um im Leben obenauf zu sein, sondern Mumm und Gerissenheit, sagte er, und deshalb erzog er seine Kinder zur Härte. Irgendwann jedoch entdeckte er, daß die Welt sich änderte, und zwar ziemlich schnell, und daß seine Geschäfte stabilerer Grundlagen bedurften, um sicher zu sein. Die Zeit der ungenierten Räuberei war der Korruption und der verdeckten Ausplünderung gewichen, nun war es geraten, den Reichtum unter moderneren Gesichtspunkten zu verwalten und das Image aufzubessern. Er rief seine Söhne zusammen und gab ihnen den Auftrag, mit einflußreichen Persönlichkeiten Freundschaft zu schließen und legale Geschäftsführung zu lernen, damit ihr Vermögen sich weiterhin vermehrte, ohne daß sie in Gefahr gerieten, gegen Gesetze zu verstoßen. Er trug ihnen auch auf, sich Frauen unter den ältesten Familien zu suchen, und dann wollte er doch mal sehen, ob sie es nicht schafften, den Namen Peralta von all der Besudelung durch Dreck und Blut reinzuwaschen.

Amadeo war inzwischen zweiunddreißig Jahre alt geworden, und es war ihm eine liebe Gewohnheit, Mädchen zu verführen und dann zu verlassen, daher schmeckte ihm die Vorstellung, sich zu verheiraten, nicht im geringsten, aber er wagte es nicht, seinem Vater ungehorsam zu sein. Er bemühte sich also um die Tochter eines Großgrundbesitzers, dessen Familie seit sechs Generationen auf demselben Grund und Boden saß. Obwohl sie den üblen Ruf ihres Freiers kannte, nahm sie seine Werbung an, denn sie war wenig anziehend und fürchtete, eine alte Jungfer zu werden. Für die beiden begann nun eines dieser langweiligen Provinzverlöbnisse. Amadeo, der sich in einem weißen Leinenanzug und glänzend gewienerten Stiefeln höchst unbehaglich fühlte, besuchte sie jeden Tag, unter den wachsamen Blicken der zukünftigen Schwiegermutter oder einer Tante, und während die Señorita Kaffee und Guaventörtchen anbot, schielte er auf die Uhr und rechnete aus, wann er sich schicklicherweise verabschieden konnte.

Ein paar Wochen vor der Hochzeit mußte Amadeo Peralta eine Geschäftsreise in die Provinz machen. So kam er nach Agua Santa, einem jener Orte, wo man nicht lange bleibt und an dessen Namen man sich später nicht erinnert. Es war die Stunde der Siesta, er ging durch eine enge Gasse und verfluchte die Hitze und den süßlichen Geruch nach Mangomarmelade, der schwer in der Luft hing, als er plötzlich einen kristallklaren Klang vernahm, wie Wasser, das durch Steine rieselt. Er kam von einem bescheidenen Haus, dessen Farbe durch Sonne und Regen abgeblättert war wie bei fast allen Häusern hier im Ort. Durch das Gitter sah er einen dunkelgefliesten Hausflur mit weißgetünchten Wänden, dahinter einen Patio und in dem Patio das überraschende Bild eines Mädchens, das mit gekreuzten Beinen auf der Erde saß und einen Psalter aus hellem Holz auf den Knien hielt. Er stand eine Weile und beobachtete es.

»Komm her, Kleine!« rief er schließlich.

Sie hob den Kopf, und trotz der Entfernung konnte er die verwunderten Augen und das unsichere Lächeln in einem noch kindlichen Gesicht erkennen.

»Komm zu mir«, befahl, flehte Amadeo mit heiserer Stimme.

Sie zögerte. Die letzten Töne ihres Psalters schwebten in der Luft des Patios wie eine Frage. Peralta rief sie erneut, da stand sie auf und kam heran, er steckte den Arm zwischen die Gitterstäbe, schob den Riegel zurück, öffnete die Tür und faßte sie bei der Hand, wobei er ihr sein ganzes Liebhaberrepertoire aufsagte, ihr schwor, er habe sie in seinen Träumen gesehen, sein ganzes Leben lang habe er sie gesucht, er könne sie nicht gehen lassen, sie sei die Frau, die für ihn bestimmt sei, lauter schöne Sprüche, die er hätte lassen können, denn das Mädchen war schlichten Geistes und begriff den Sinn seiner Worte gar nicht, aber vielleicht verführte es der Klang seiner Stimme. Hortensia war gerade fünfzehn Jahre alt geworden, und ihr Körper war reif für die erste Umarmung, wenn sie es auch nicht wußte und der bebenden inneren Unruhe keinen Namen geben konnte. Für ihn war es so leicht, sie zu seinem Wagen zu bringen und mit ihr zu einem ungestörten Plätzchen zu fahren, daß er sie eine Stunde später bereits vergessen hatte. Er konnte sich auch nicht an sie erinnern, als sie nach einer Woche plötzlich in seinem Haus auftauchte, hundertvierzig Kilometer von Agua Santa entfernt, in einem gelben Baumwollkittel und Leinenschuhen, ihren Psalter unter dem Arm, von Liebesfieber glühend.

Siebenundvierzig Jahre später, als Hortensia aus der Grube geborgen wurde, in der sie begraben gewesen war, und die Reporter aus allen Teilen des Landes angereist kamen, um sie zu fotografieren, wußte sie selbst weder ihren Namen, noch wie sie hier hergeraten war.

»Weshalb haben Sie sie eingesperrt gehalten wie ein wildes Tier?« Mit solchen Fragen wurde Amadeo Peralta von den Reportern bedrängt.

»Weil es mir so paßte«, erwiderte er ruhig. Er war inzwischen achtzig und so klar im Kopf wie nur je, aber er begriff nicht diesen späten Aufruhr wegen etwas, was vor so langer Zeit geschehen war.

Er war nicht geneigt, Erklärungen abzugeben. Er war ein Mann des befehlsgewaltigen Wortes, ein Patriarch und Urgroßvater, niemand getraute sich, ihm in die Augen zu sehen, und selbst die Priester grüßten ihn mit geneigtem Haupt. In seinem langen Leben hatte er das von seinem Vater ererbte Vermögen vermehrt, hatte sich allen Bodens von den Ruinen des spanischen Forts bis an die Grenzen des Staates bemächtigt und sich dann zu einer politischen Laufbahn entschlossen, die ihn zur mächtigsten Persönlichkeit des Gebietes machte. Er hatte die häßliche Tochter des Großgrundbesitzers geheiratet, hatte mit ihr neun legitime Sprößlinge und mit anderen Frauen eine unbestimmte Anzahl von Bastarden gezeugt, ohne sich auch nur an eine zu erinnern, denn sein Herz war für die Liebe verkrüppelt. Die einzige, die er nicht ganz beiseite schieben konnte, war Hortensia, denn sie haftete in seinem Bewußtsein wie ein ständiger Albtraum. Nach der kurzen Begegnung zwischen den Farnen eines wuchernden Urwalds war er nach Hause, an seine Arbeit und zu seiner faden Braut aus ehrenwerter Familie zurückgekehrt. Hortensia war es, die ihn gesucht hatte, bis sie ihn fand, sie war es gewesen, die sich ihm in den Weg gestellt, sich an ihn gehängt hatte mit der beängstigenden Unterwürfigkeit einer Sklavin. So ein Ärger, hatte er gedacht, ich bin drauf und dran, mit Pomp und Tralala zu heiraten, und da kommt mir dieses verrückte Kind in die Quere. Er wollte sich ihrer entledigen, aber als er sie so mit ihrem gelben Kittel und den flehenden Augen sah, schien ihm, es sei doch eine Verschwendung, die Gelegenheit nicht zu nutzen, und so beschloß er, sie zu verstecken, während er sich eine Lösung einfallen lassen würde.

Und so wurde Hortensia im Keller der stillgelegten Zuckerfabrik der Peraltas untergebracht, wo sie aus purer Achtlosigkeit ihr ganzes Leben begraben blieb. Es war ein weitläufiger, feuchter, dunkler Raum, erstickend heiß im Sommer und eisigkalt in manchen Nächten der trockenen Jahreszeit, ausgestattet mit ein wenig Gerümpel und einem Strohsack. Amadeo Peralta nahm sich nicht die Zeit, sie besser unterzubringen, obwohl er manchmal mit der Vorstellung spielte, das Mädchen zu einer Konkubine wie in den orientalischen Märchen zu machen, sie in feine Schleier zu hüllen und mit Pfauenfedern, Sonnensegeln aus Brokat, Lampen aus bemaltem Glas, vergoldeten Möbeln mit geschweiften Beinen zu umgeben und mit flauschigen Teppichen, auf denen er barfuß gehen konnte. Vielleicht hätte er all das sogar getan, wenn sie ihn an seine Versprechungen erinnert hätte, aber Hortensia war wie ein Nachtvogel, wie eins dieser blinden Tierchen, die tief in den Höhlen leben, sie brauchte nur ein wenig Nahrung und Wasser. Der gelbe Kittel zerfiel ihr am Körper, und schließlich war sie nackt.

»Er liebt mich, er hat mich immer geliebt«, erklärte sie, als die Nachbarn sie herausholten. In all den Jahren der Abgeschiedenheit hatte sie den Gebrauch der Rede eingebüßt, und ihre Stimme stockte und heiserte wie das Röcheln eines Sterbenden.

In den ersten Wochen hatte Amadeo viel Zeit bei ihr im Keller verbracht, ein Verlangen stillend, das er für unversiegbar hielt. In der Furcht, sie könnte entdeckt werden, und sogar auf seine eigenen Augen eifersüchtig, verweigerte er ihr das Tageslicht und ließ nur einen dünnen Strahl durch die Luke der Ventilation eindringen. In der Dunkelheit umarmten sie sich im wilden Aufruhr der Gefühle, mit brennender Haut, das Herz in einen hungrigen Krebs verwandelt. Hier wurden Geruch und Geschmack aufs äußerste gesteigert. Wenn sie sich im Finstern berührten, vermochten sie in das Wesen des andern einzudringen und sich in seine geheimsten Gedanken zu versenken. An diesem Ort hallten ihre Stimmen im

Echo wider, die Wände sandten ihnen ihr Flüstern und ihre Küsse vielfach zurück. Der Keller wurde zum versiegelten Gefäß, in dem sie sich umeinander rollten wie ausgelassene Zwillinge, die im Fruchtwasser schwimmen, zwei strotzende, leichtfertige Geschöpfe. Eine Zeitlang verirrten sie sich in unumschränkte körperliche Hingabe, die sie mit Liebe verwechselten.

Wenn Hortensia einschlief, ging ihr Liebhaber fort, etwas zu essen zu besorgen, und noch bevor sie erwachte, kehrte er mit neubelebtem Feuer zurück, um sie wieder zu umarmen. So hätten sie sich lieben müssen, bis das Verlangen sie zerstörte, sie hätten einander verschlingen müssen oder wie eine doppelte Fackel verbrennen; doch nichts davon geschah. Im Gegenteil, das Voraussehbarste und Alltäglichste trat ein, das am wenigsten Großartige. Noch ehe zwei Wochen verstrichen waren, wurde Amadeo Peralta der Spiele müde, die sich bereits zu wiederholen begannen, er spürte, wie die Feuchtigkeit an seinen Gliedern nagte, und dachte an alles, was jenseits dieser Höhle war. Es war an der Zeit, in die Welt der Lebenden zurückzukehren und die Zügel seiner Geschäfte wieder in die Hand zu nehmen. »Wart hier auf mich, Kleines. Ich geh hinaus, um reich zu werden. Ich bringe dir Geschenke, Kleider und Schmuck für eine Königin«, sagte er beim Abschied.

»Ich möchte Kinder«, sagte Hortensia.

»Kinder, nein, aber du bekommst Puppen.«

In den folgenden Monaten vergaß Peralta die Kleider, den Schmuck, die Puppen. Er besuchte Hortensia jedesmal, wenn er sich an sie erinnerte, nicht immer, um sie zu lieben, häufig nur, um sie eine alte Weise auf dem Psalter spielen zu hören, er sah ihr gern zu, wenn sie sich über das Instrument beugte und die Saiten zupfte. Manchmal war er so in Eile, daß er nicht einmal ein Wort mit ihr wechselte, er füllte ihr die Wasserkrüge, ließ ihr einen Beutel mit Essen da und verschwand wieder. Als er es einmal neun Tage hintereinander vergaß und sie halbtot vorfand, begriff er die Notwendigkeit, jemanden anzustellen, der ihm half, seine Gefangene zu versorgen, denn seine Familie, seine Reisen, seine Geschäfte und seine gesellschaftlichen Verpflichtungen nahmen ihn mehr und mehr in Anspruch. Eine verschwiegene Indiofrau diente ihm für diesen Zweck. Sie verwahrte den Schlüssel für das Vorhängeschloß und kam regelmäßig, um das Verlies zu säubern und die Flechten abzuschaben, die auf Hortensias Körper wuchsen wie zarte, bleiche Blumen, dem Auge fast unsichtbar, und die nach umbrochener Erde und nach Verlassenheit rochen.

»Hat Ihnen diese arme Frau nicht leidgetan?« wurde die India gefragt, als auch sie verhaftet und der Mittäterschaft bei der Freiheitsberaubung angeklagt worden war, aber sie antwortete nicht, sie blickte nur gleichmütig vor sich hin und spuckte einen Speichelklumpen schwarzen Tabaks aus.

Nein, ihr hatte die Frau nicht leidgetan, weil sie geglaubt hatte, die wäre nun einmal eine Sklavin und wäre noch glücklich darüber oder sie wäre idiotisch von Geburt an und wie viele andere ihrer Art besser eingeschlossen als dem Spott und den Gefahren der Straße ausgesetzt. Hortensia tat nichts dazu, diese Meinung ihrer Kerkermeisterin zu ändern, niemals zeigte sie Neugier auf die Welt da draußen, sie versuchte nicht, hinauszukommen, um frische Luft zu atmen, und niemals beklagte sie sich. Sie schien sich auch nicht zu langweilen, ihr Geist war zu irgendeinem Zeitpunkt in der Kindheit stehengeblieben, und die Einsamkeit hatte ihn schließlich vollends verwirrt. Sie verwandelte sich letztlich in eine unterirdische Kreatur. In diesem Grabe schärften sich ihre Sinne, und sie lernte das Unsichtbare sehen, betörende Geister umgaben sie und führten sie bei der Hand durch andere Universen. Während ihr Körper in einem Winkel kauerte, reiste sie durch den weiten Sternenraum, lebte in einem dunklen Gebiet jenseits aller Vernunft. Hätte sie einen Spiegel gehabt, um sich darin zu betrachten, wäre sie vor ihrem Anblick zurückgeschreckt, aber da sie sich selbst nicht sehen konnte, wurde sie ihres Verfalls nicht gewahr, sie wußte nichts von den Schuppen, die sich auf ihrer Haut bildeten, nichts von den Seidenraupen, die in ihrem langen, jetzt eher an Putzwolle erinnernden Haar nisteten, von den bleiernen Wolken auf ihren Augen, die vom Spähen ins Dunkel schon erstorben waren. Sie spürte nicht, wie ihre Ohren wuchsen, weil sie auf Laute von draußen lauschten und auch die leisesten und fernsten auffingen, wie das Lachen von Kindern in der Schulpause, die Klingel des Eisverkäufers, den Flug der Vögel, das Murmeln des Flusses. Sie merkte auch nicht, daß ihre Beine, einst anmutig und fest, sich krümmten, weil ihnen die Bewegung fehlte und sie fast nur noch kroch, sie merkte nicht, daß ihre Zehen sich zu Tierkrallen auswuchsen, ihre Knochen zu Glasröhren wurden, ihr Bauch einfiel und auf ihrem Rücken ein Buckel hervortrat. Allein die Hände behielten ihre Form, weil sie immer mit dem Psalter beschäftigt waren, nur erinnerten sich die Finger nicht an die einst gelernten Melodien, sondern entlockten dem Instrument das Weinen, das ihre Brust nicht herauslassen wollte. Von fern glich Hortensia einem traurigen Jahrmarktsaffen, und von nahem flößte sie unendliches Mitleid ein. Ihr war nicht eine dieser schrecklichen Verwandlungen bewußt, in ihrer Erinnerung bewahrte sie ein unversehrtes Bild von sich selbst, sie war immer noch das Mädchen, das sich zum letztenmal im Fenster von Amadeo Peraltas Auto gespiegelt gesehen hatte an jenem Tag, als er sie zu seinem Schlupfwinkel gefahren hatte. Sie glaubte, sie wäre so hübsch wie immer, und benahm sich auch weiterhin, als wäre sie es wirklich, und so blieb die Erinnerung an ihre Schönheit in ihrem Innern versteckt, und jeder, der nahe genug an sie herangekommen wäre, hätte sie unter diesem Äußeren eines prähistorischen Zwerges ahnen können.

Inzwischen hatte Amadeo Peralta, reich und gefürchtet, das Netz seiner Macht über die ganze Provinz ausgebreitet. Sonntags saß er am Kopfende einer langen Tafel mit seinen Söhnen und Enkelsöhnen, seinen Anhängern und Helfershelfern und mit einigen besonderen Gästen, Politikern und hohen Militärs, denen er mit lärmender Herzlichkeit begegnete, jedoch nicht ohne den Hochmut, der nötig war, damit sie nicht vergaßen, wer der Herr war. Hinter seinem Rücken gingen Gerüchte um über seine Opfer, wie viele er hatte verschwinden lassen, man munkelte, daß er die Behörden bestach und daß die Hälfte seines Vermögens aus Schleichhandel stammte, aber niemand war bereit, nach Beweisen zu suchen. Man erzählte auch, Peralta halte eine Frau in einem Keller gefangen. Dieser Teil seiner schwarzen Legende wurde mit größerer Bestimmtheit wiederholt als der seiner ungesetzlichen Geschäfte, tatsächlich wußten viele davon, und mit der Zeit wurde es ein offenes Geheimnis.

An einem sehr heißen Nachmittag rissen drei Jungen aus der Schule aus, um im Fluß zu baden. Sie planschten eine gute Zeitlang im Uferschlamm und strolchten dann bei der alten Zukkerfabrik der Peraltas umher, die seit zwei Generationen stillgelegt war, weil Zucker nichts mehr einbrachte. Die Leute sagten, es sei ein unguter Ort, sie erzählten, sie hätten Geräusche wie Teufelsgeheul gehört, und viele wollten eine struppige Hexe gesehen haben, die die Seelen der toten Sklaven beschwor. Begierig auf ein Abenteuer, schlichen sich die Jungen auf das Gelände und näherten sich dem Fabrikgebäude. Bald wagten sie sich auch in die Ruinen, liefen durch die weiten Räume mit den breiten Ziegelwänden und den termitenzerfressenen Balken, umgingen vorsichtig das aus dem Boden wachsende Unkraut, Schmutzhaufen und Hundekot, morsche Ziegel und Schlangennester. Sie machten sich mit Witzen Mut, schubsten sich aufmunternd und gelangten schließlich in die Vermahlung, eine riesige, zum Himmel offene Halle mit den Überresten von Maschinen, wo Sonne und Regen einen verwucherten Garten geschaffen hatten und wo sie einen durchdringenden Geruch nach Zucker und Schweiß zu spüren glaubten. Als ihre Furcht sich eben legen wollte, hörten sie plötzlich ganz deutlich mißtönende Laute, die sich zu einer sonderbaren Musik formten. Zitternd wollten sie zurückweichen, aber die Anziehungskraft des Grausigen war stärker als die Angst, und sie blieben zusammengeduckt stehen und lauschten, bis der letzte Ton ihnen ins Ohr schrillte. Nach und nach überwanden sie die Starre, schüttelten das Entsetzen ab und begannen nach dem Ursprung dieser fremdartigen Klänge zu forschen, die so anders waren als jede bekannte Musik, und so stießen sie auf eine kleine Falltür am Boden, die mit einem Vorhängeschloß versperrt war. Sie konnten es nicht aufbekommen und rüttelten an der hölzernen Klappe, und ein unbeschreiblicher Geruch nach gefangengehaltenem Raubtier stieg ihnen in die Nase. Sie riefen, aber niemand antwortete, sie hörten von unten nur ein dumpfes Keuchen. Da rannten sie Hals über Kopf davon und verkündeten schreiend, sie hätten die Pforte zur Hölle entdeckt.

Das Gelärm der Jungen war nicht zu besänftigen, und nun bestätigte sich den Nachbarn endlich, was sie seit langem geargwöhnt hatten. Zuerst folgten die Mütter ihren Söhnen und spähten durch die Ritzen in der Falltür, und auch sie hörten die schrecklichen Töne des Psalters, gänzlich andere Töne als jene Weise, die einst

Amadeo Peralta angezogen hatte, als er in einer
Gasse von Agua Santa stehengeblieben war, um
sich den Schweiß von der Stirn zu wischen. Hinter ihnen lief ein Schwarm von Neugierigen zusammen, und zuletzt, als sich schon eine große
Menschenmenge angesammelt hatte, erschienen
die Polizei und die Feuerwehr, die die Falltür mit
Axthieben aufbrachen und mit ihren Lampen
und ihren Feuerwehrgeräten in die Gruft hinab-
stiegen. Im Keller fanden sie ein nacktes Wesen,
dessen welke Haut in fahlen Falten herabhing,
dessen graue Haarsträhnen über den Boden
schleiften und das vor Angst über den Lärm und
das Licht wimmerte. Das war Hortensia, schil-
lernd wie Perlmutt in dem erbarmungslosen
Licht der Laternen, fast blind, zahnlos, die Beine
so schwach, daß sie kaum stehen konnte. Der einzige Beweis ihrer menschlichen Abkunft war der
alte Psalter, den sie schützend gegen den Schoß
preßte.

Die Nachricht erregte im ganzen Lande Empörung. Auf den Fernsehschirmen und in den Zei-
tungen erschien das Bild der aus dem Loch, in
dem sie ihr Leben verbracht hatte, geborgenen
Frau, notdürftig in eine Decke gehüllt, die ihr je-

25

mand über die Schultern gelegt hatte. Die Gleichgültigkeit, die die Gefangene fast ein halbes Jahrhundert lang umgeben hatte, verwandelte sich binnen weniger Stunden in den leidenschaftlichen Wunsch, sie zu rächen und ihr zu helfen. Amadeo Peraltas Nachbarn rotteten sich zusammen, um ihn zu lynchen, sie drangen in sein Haus ein, zerrten ihn heraus, und wäre die Polizei nicht rechtzeitig gekommen und hätte ihn ihnen entrissen, dann hätten sie ihn an Ort und Stelle zu Tode getrampelt. Um das Gefühl der Schuld zu beschwichtigen, daß sie sich so lange unwissend gestellt hatten, wollte sich nun alle Welt um Hortensia kümmern. Geld wurde gesammelt, um ihr eine Pension auszusetzen, Tonnenladungen von Kleidung und Medikamenten kamen zusammen, die sie nicht brauchte, und verschiedene Wohlfahrtsverbände widmeten sich der Aufgabe, ihr den Schmutz abzukratzen, ihr das Haar zu schneiden und sie von Kopf bis Fuß einzukleiden, bis sie wie eine normale alte Frau aussah. Die Nonnen gaben ihr ein Bett im Armenasyl und mußten sie monatelang anschnallen, damit sie nicht zurück in den Keller floh, bis sie sich endlich an das Tageslicht gewöhnt hatte und sich damit abfand, mit anderen menschlichen Wesen zusammenzuleben.

Die zahlreichen Feinde Amadeo Peraltas machten sich die von der Presse angeheizte allgemeine Wut zunutze, sie faßten endlich Mut und fielen wie die Raben über ihn her. Die Behörden, die seine Betrügereien jahrelang gedeckt hatten, schwangen nun den Knüppel des Gesetzes gegen ihn. Die Nachrichten darüber beschäftigten die allgemeine Aufmerksamkeit so lange, bis der alte Caudillo hinter Gittern saß, dann flaute das Interesse ab, bis es gänzlich erlosch. Von seinen Angehörigen und Freunden geächtet, zum Symbol alles Abscheulichen und Schändlichen geworden, von den Wärtern ebenso angefeindet wie von seinen Leidensgenossen, blieb Amadeo Peralta im Gefängnis, bis er starb. Er ging nie mit den anderen Häftlingen in den Hof, er blieb in seiner Zelle. Dort konnte er die Geräusche der Straße hören.

Jeden Tag um zehn Uhr morgens wanderte Hortensia mit ihrem schwankenden Gang einer Geistesgestörten zum Gefängnis und übergab dem Wachhabenden am Tor einen Topf mit warmem Essen für den Gefangenen.

»Er hat mich nie hungern lassen«, erklärte sie

ihm entschuldigend. Dann setzte sie sich auf die Straße und spielte auf dem Psalter, dem sie solche jammervollen Todesklagen entlockte, wie man sie unmöglich ertragen konnte. In der Hoffnung, sie abzulenken und zum Aufhören zu bringen, warfen viele Vorübergehende ihr eine Münze zu.

Amadeo Peralta, auf der anderen Seite der Mauer kauernd, hörte diesen Klang, der aus der Tiefe der Erde zu kommen schien und an seinen Nerven riß. Dieser tägliche Vorwurf mußte etwas zu bedeuten haben, aber er konnte sich nicht erinnern, was es war. Bisweilen dämmerte ein nagendes Schuldgefühl in ihm auf, aber dann versagte das Gedächtnis, und die Bilder aus der Vergangenheit schwanden in einem dichten Nebel dahin. Er wußte nicht mehr, weshalb er in diesem Grab war, und nach und nach vergaß er auch die Welt des Lichtes und ergab sich dem Elend.

Geschenk für eine Braut

Horacio Fortunato war gerade sechsundvierzig
Jahre alt geworden, als die Frau in sein Leben trat,
die imstande war, ihm seine Rüpelallüren auszu-
treiben und die Aufschneiderei abzugewöhnen.
Er gehörte zum Geschlecht der Zirkusleute, zu
diesen Menschen, die mit Gummiknochen geboren werden und einer natürlichen Fähigkeit, Sal-
tos zu drehen, und in einem Alter, in dem andere
Kinder noch auf der Erde krabbeln, hängen sie
sich kopfunter ans Trapez und putzen dem Lö-
wen die Zähne. Bevor sein Vater aus seinem bislang eher komischen Unternehmen ein seriöses
machte, hatte sich der Zirkus Fortunato mehr
schlecht als recht durchgeschlagen. In manchen
Katastrophenzeiten hatte sich die Truppe auf
zwei, drei Mitglieder des Familienclans vermin-
dert, die in einem klapprigen Karren über die
Straßen zockelten und in armseligen Dörfern ihr
zerschlissenes Zelt aufschlugen. Horacios Großvater nahm allein die ganze Last der Vorführung
auf sich: er lief auf dem Schlappseil, jonglierte mit

brennenden Fackeln, schluckte toledanische Säbel, zauberte ebenso viele Orangen wie Schlangen aus einem Zylinderhut und tanzte ein anmutiges Menuett mit seiner einzigen Partnerin, einer mit Matrosenkleid und Federhut aufgeputzten Äffin. Aber der Großvater schaffte es, mit dem Elend fertig zu werden, und während mancher andere Zirkus einging, von moderneren Vergnügungsstätten besiegt, rettete er den seinen und konnte sich am Ende seines Lebens in den Süden des Kontinents zurückziehen und Spargel und Erdbeeren züchten, nachdem er seinem Sohn ein schuldenfreies Unternehmen übergeben hatte. Fortunato II. hatte weder die Anspruchslosigkeit seines Vaters geerbt, noch neigte er zu Gleichgewichtsübungen auf dem Seil oder zu Pirouetten mit einem Schimpansen, dafür aber verfügte er über einen tüchtigen Geschäftssinn. Unter seiner Leitung nahm der Zirkus an Umfang und Ansehen zu, bis er der größte des Landes war. Drei gewaltige gestreifte Zeltdächer ersetzten das bescheidene Lumpenzelt der schlechten Zeiten, eine Reihe von Käfigen beherbergte einen wandernden Zoo von dressierten Tieren, andere phantastisch aufgeputzte Wagen beförderten die Artisten, darunter den einzigen hermaphroditischen und bauchredenden Zwerg der Geschichte. Eine genaue Nachbildung der Karavelle von Christoph Kolumbus auf Rädern vervollständigte den internationalen Zirkus Fortunato. Diese eindrucksvolle Karawane reiste nicht ins Blaue hinein, wie das einst beim Großvater üblich gewesen war, sondern in gerader Linie über die Fernverkehrsstraßen vom Rio Grande bis zur Magellanstraße und machte nur in den großen Städten halt, wo sie mit solchem Riesenklamauk von Trommlern, Elefanten und Clowns einzog, die Karavelle an der Spitze als prunkende Erinnerung an die Entdeckung Amerikas, daß es wahrhaftig niemanden gab, der nicht gewußt hätte, daß der Zirkus da war.

Fortunato II. heiratete eine Trapezkünstlerin und hatte mit ihr einen Sohn, den sie Horacio nannten. Die Frau trennte sich unterwegs in einer größeren Stadt von ihrem Mann, sie wollte unabhängig sein und sich mit ihrem unsicheren Beruf allein durchschlagen; das Kind überließ sie dem Vater. Eine nur sehr verschwommene Erinnerung an sie verblieb dem Sohn im Gedächtnis, er konnte das Bild seiner Mutter nicht von den zahl-

31

reichen Akrobatinnen unterscheiden, die er in seinem Leben kennenlernte. Als er zehn Jahre alt war, heiratete sein Vater zum zweitenmal, wieder eine Artistin seines Zirkus, diesmal eine Schulreiterin, die es fertigbrachte, kopfstehend auf einem galoppierenden Pferd zu balancieren oder mit verbundenen Augen von einem Tier auf das andere zu springen. Sie war sehr schön. Soviel Wasser, Seife und Parfum sie auch benutzte, konnte sie doch eine Spur Pferdegeruch, ein herbes Aroma von Schweiß und Anstrengungen nicht loswerden. Auf ihrem großmütigen Schoß fand der kleine Horacio, eingehüllt in diesen einzigartigen Geruch, Trost für das Fehlen der Mutter. Aber schließlich verschwand auch die Reiterin, ohne sich zu verabschieden. In seinen reifen Jahren heiratete Fortunato II. ein drittes Mal, und zwar eine Schweizerin, die von einem Touristenbus aus Amerika kennenlernen wollte. Er war seines Beduinendaseins müde und fühlte sich zu alt für immer neue Aufregungen, und als sie ihn bat aufzuhören, hatte er nicht das geringste dagegen, den Zirkus für ein seßhaftes Leben einzutauschen, und setzte sich auf einem Chalet in den Alpen zur Ruhe, beschaulich zwischen Bergen und Wäldern. Sein Sohn Horacio, der inzwischen in den Zwanzigern war, übernahm den Zirkus.

Horacio war in unsicheren Verhältnissen aufgewachsen – dauernd den Ort wechseln, über Rädern schlafen, unter einem Zelt leben, aber er war sehr zufrieden mit seinem Los. Nie hatte er andere Kinder beneidet, die in grauer Uniform in die Schule gingen und deren Lebensweg von Geburt an vorgeschrieben war. Er dagegen fühlte sich mächtig und frei. Er kannte alle Geheimnisse des Zirkus und putzte mit der gleichen heiteren Bereitwilligkeit den Kot der wilden Tiere weg, mit der er, als Husar gekleidet, sich in zwanzig Meter Höhe schaukelte und das Publikum mit seinem Bubenlächeln bezauberte. Wenn er sich irgendwann nach ein wenig Beständigkeit gesehnt haben sollte, hätte er das nicht einmal im Schlaf zugegeben. Die Erfahrung, verlassen worden zu sein, zuerst von der Mutter und dann von der Stiefmutter, hatte ihn mißtrauisch gemacht, vor allem gegen Frauen, aber er wurde kein Zyniker, denn er hatte vom Großvater ein gefühlvolles Herz geerbt. Er hatte eine beträchtliche Begabung für den Zirkus, aber mehr noch als die Kunst interessierte ihn die geschäftliche Seite. Von klein an hatte er sich vorgenommen, reich zu werden, in der naiven Vorstellung, mit Geld die Sicherheit zu erreichen, die er in seiner Familie nicht gefunden hatte. Er versah sein Unternehmen mit Tentakeln, indem er eine auf verschiedene Großstädte verteilte Kette von Boxstadien kaufte. Vom Boxen kam er ganz natürlich zum Catchen, und da er ein Mann mit einer verspielten Phantasie war, wandelte er diesen groben Sport zu einem dramatischen Schauspiel um. So führte er einige bemerkenswerte Neuheiten ein: die Mumie, die sich in einem ägyptischen Sarkophag im Ring vorstellte; Tarzan, der seine Blöße mit einem so winzigen Tigerfell bedeckte, daß das Publikum bei jedem Sprung den Atem anhielt in der Hoffnung, es könnte etwas enthüllt werden; den Engel, der sein Goldhaar verwettete und es jeden Abend unter der Schere des grausamen Kuramoto – eines als Samurai verkleideten Mapuche-Indios – lassen mußte, um am folgenden Tag mit unversehrtem Lockenhaupt in den Ring zurückzukehren, ein unwiderlegbarer Beweis seiner himmlischen Beschaffenheit. Diese und andere geschäftliche Abenteuer sowie sein Auftreten in der Öffentlichkeit mit zwei Leibwächtern, deren Aufgabe darin bestand, seine Konkurrenten einzuschüchtern und die Neugier der Frauen zu reizen, brachten ihn in den Ruf eines gefährlichen Burschen, an dem er seine große Freude hatte. Er führte ein munteres Leben, reiste durch die Welt, schloß Verträge ab und suchte nach Mißgeburten, verkehrte in Clubs und Casinos, besaß ein Haus ganz aus Glas in Kalifornien und einen Rancho in Yucatán, aber die meiste Zeit des Jahres wohnte er in den Hotels der Reichen. Er genoß die Gesellschaft von mietbaren Blondinen, unter denen er die sanften mit den prangenden Brüsten bevorzugte, als Huldigung an seine einstige Stiefmutter, aber er ließ sich Liebesangelegenheiten nicht zu Herzen gehen, und als sein Großvater von ihm verlangte, er solle heiraten und Kinder in die Welt setzen, antwortete er ihm, er müßte ja schön verrückt sein, wenn er aufs Eheschafott klettern wollte. Er war ein grobschlächtiger, ziemlich dunkler Bursche, frisierte sich lässig auf Teufelskerl, hatte schrägstehende Augen und eine herrische Stimme, die seine fröhliche Vulgarität noch betonte. Für Eleganz hatte er viel übrig, er kaufte sich die teuerste Kleidung, aber seine Anzüge waren immer ein wenig zu prächtig, die Krawatte etwas zu gewagt, der Rubin an seinem Finger allzu protzig, sein Parfum allzu durchdringend.

Dieser Mann, der ein gut Teil seines Daseins die Welt mit seinem Lebenswandel empört hatte, begegnete eines Dienstags im März Patricia Zimmerman, und aus war's mit der Unbeständigkeit des Gefühls und der Klarheit des Gedankens. Es war im allerersten Nobelrestaurant der Stadt, er saß da mit vier Kumpanen und einer Filmdiva, die er für eine Woche auf die Bahamas mitzunehmen gedachte, als Patricia am Arm ihres Mannes den Raum betrat, in Seide gekleidet und mit ein paar ihrer Brillanten geschmückt, die die Firma Zimmerman und Cie. berühmt gemacht hatten. Niemand konnte sich mehr von seiner unvergeßlichen, nach Pferdeschweiß riechenden Stiefmutter oder den gefälligen Blondinen unterscheiden als diese Frau. Er sah sie herankommen, klein, zart, die feinen Schlüsselbeine im Ausschnitt sichtbar, das kastanienbraune Haar in einem strengen Knoten zusammengefaßt, und er fühlte, wie ihm die Knie weich wurden und in seiner Brust etwas unerträglich zu brennen begann. Er hatte eine Vorliebe für die prallen Weibchen mit schlichtem Gemüt, die zu einer nächtlichen Lust-

barkeit gern bereit waren, und diese Frau mußte
er sich von nahem ansehen, um ihre Qualitäten
einschätzen zu können, aber auch dann wären sie
nur für ein Auge erkennbar gewesen, das geübt
war, Feinheiten zu würdigen, was nicht Horacio
Fortunatos Fall war. Wenn die Hellseherin in seinem Zirkus ihre Kristallkugel befragt und ihm
prophezeit hätte, er werde sich auf den ersten
Blick in eine vierzigjährige hochmütige Aristo-
kratin verlieben, würde er herzlich gelacht haben,
aber genau das passierte, als er sie auf sich zukommen sah wie den Schatten einer Kaiserinwitwe
aus alter Zeit in ihrer schwarzen Kleidung und
dem Blinkfeuer all der Brillanten, die an ihrem
Hals funkelten. Patricia ging an ihm vorbei, und
einen Augenblick stockte sie vor diesem Riesen,
dem die Serviette aus der Weste hing und eine Spur
Soße im Mundwinkel klebte. Horacio konnte
endlich ihr Parfum riechen und ihr Adlerprofil
bewundern, und augenblicklich waren die Filmdiva, die Leibwächter, die Geschäfte und alle Vor-
sätze vergessen, und er beschloß in vollem Ernst,
diese Frau dem Juwelier wegzunehmen und sie zu
lieben, so sehr er nur konnte. Er schob seinen
Stuhl halb herum, ohne seine Gäste zu beachten,

und maß die Entfernung, die ihn von ihr trennte, während Patricia Zimmerman sich frug, ob dieser Unbekannte üble Absichten haben mochte, weil er ihre Juwelen so prüfend anstarrte.

Am selben Abend noch traf im Haus der Zimmermans ein riesiger Strauß Orchideen ein. Patricia betrachtete die beigefügte Karte, ein sepiafarbenes Rechteck mit einem Namen wie aus einem Roman in vergoldeten Arabesken. Höchst geschmacklos, murmelte sie und erriet sofort, daß das der aufdringliche Kerl aus dem Restaurant gewesen sein mußte. Sie gab Anweisung, das Geschenk auf die Straße zu werfen, und hoffte, der Absender würde ums Haus streichen und sich vom Verbleib seiner Blumen überzeugen können. Tags darauf wurde ein Kristallkästchen mit einer einzigen, vollkommenen Rose darin abgegeben, ohne Karte. Auch das tat der Diener zum Abfall. In den folgenden Tagen kamen verschiedene Sträuße an: ein Korb mit Wildblumen in einem Bett aus Lavendel, eine Pyramide aus weißen Nelken in einem Silberpokal, ein Dutzend aus Holland eingeflogener schwarzer Tulpen und andere Blumensorten, die in diesem heißen Land unmöglich zu finden waren. Alle teilten das

Schicksal des ersten Straußes, aber das entmutigte den Verehrer nicht, dessen Aufdringlichkeit so unerträglich wurde, daß Patricia Zimmerman schon nicht mehr wagte, den Hörer abzunehmen aus Angst, seine Zweideutigkeiten säuselnde Stimme zu hören, wie es ihr noch am selben Dienstag um zwei Uhr früh geschehen war. Briefe ließ sie ungeöffnet zurückgehen. Sie traute sich nicht mehr hinaus, weil sie Fortunato an den unmöglichsten Orten traf, wo sie ihn gewiß nicht erwartet hätte: er beobachtete sie in der Oper von der Nachbarloge aus, auf der Straße stand er bereit, die Tür ihres Autos aufzureißen, bevor ihr Chauffeur dazu kam, er materialisierte sich wie eine Sinnestäuschung im Fahrstuhl oder auf der Treppe. Sie war eine verängstigte Gefangene in ihrem eigenen Haus. Das wird schon vergehen, das wird schon vergehen, redete sie sich ein, aber Fortunato verflüchtigte sich nicht wie ein böser Traum, er war weiterhin dort, jenseits der Mauern, schnaufend und keuchend. Patricia Zimmerman dachte daran, die Polizei zu rufen oder sich um Hilfe an ihren Mann zu wenden, aber ihr Abscheu vor einem Skandal hielt sie zurück.

Eines Morgens, sie war gerade mit ihrer Korrespondenz beschäftigt, meldete der Diener ihr den Besuch des Präsidenten des Unternehmens Fortunato und Söhne.

»In meinem eigenen Haus, wie kann er es wagen!« murmelte Patricia mit wild klopfendem Herzen. Sie mußte sich die eiserne Disziplin zurückrufen, die sie in vielen Jahren Salonleben erworben hatte, um das Zittern ihrer Stimme und ihrer Hände zu unterdrücken. Einen Augenblick war sie versucht, diesem Wahnsinnigen ein für allemal entgegenzutreten, aber ihr wurde klar, daß ihr die Kräfte versagen würden, sie fühlte sich schon geschlagen, bevor sie ihn gesehen hatte.

»Sagen Sie ihm, ich bin nicht da. Geleiten Sie ihn hinaus, und geben Sie allen Angestellten Bescheid, daß der Herr in diesem Hause nicht willkommen ist«, sagte sie dem Diener.

Am Tag darauf gab es keine exotischen Blumen zum Frühstück, und Patricia dachte mit einem zornigen Seufzer der Erleichterung, daß dieser Mensch endlich ihre Botschaft verstanden hatte. An diesem Morgen fühlte sie sich zum erstenmal wieder frei und ging aus zum Tennisspielen und in den Schönheitssalon. Um zwei Uhr nachmittags kehrte sie mit einem neuen Haarschnitt und

starken Kopfschmerzen zurück. Beim Eintreten
sah sie auf dem Tisch in der Diele ein mit dunkel-
violettem Samt bezogenes Etui, auf dem der Fir-
menname Zimmerman in Goldbuchstaben einge-
preßt war. Sie öffnete es ein wenig zerstreut, sie
glaubte, ihr Mann hätte es dort liegengelassen,
und fand darin ein Smaragdhalsband, begleitet
von einer jener schwülstigen sepiafarbenen Karten, die sie kennen – und verabscheuen gelernt
hatte. Ihre Kopfschmerzen verwandelten sich in
Panik. Dieser Abenteurer schien entschlossen zu
sein, ihr Leben zugrunde zu richten, nicht nur,
daß er bei ihrem Mann ein Schmuckstück kaufte,
das sie nie hätte tragen können, er schickte es ihr
auch noch unverfroren ins Haus. Diesmal konnte
sie das Geschenk unmöglich in den Müll werfen
wie die Blumen. Das Etui gegen die Brust ge-
preßt, schloß sie sich in ihrem Zimmer ein. Eine
halbe Stunde später rief sie den Chauffeur und
trug ihm auf, ein Päckchen bei derselben Adresse
abzuliefern, wohin er mehrere Briefe zurück-
gebracht hatte. Als sie sich von dem Schmuck
befreit hatte, fühlte sie keinerlei Erleichterung,
im Gegenteil, ihr war, als versänke sie in einem
Sumpf.

Aber zu diesem Zeitpunkt watete auch Horacio Fortunato in einem Sumpf, ohne einen Schritt voranzukommen, drehte und wendete er sich bald hierhin, bald dorthin. Nie zuvor hatte er soviel Zeit und Geld aufwenden müssen, wenn er sich um eine Frau bemühte, allerdings war ihm auch klar, daß diese anders war als alle, die er bis jetzt gehabt hatte. Zum erstenmal in seinem leichtsinnigen Leben fühlte er sich lächerlich, er konnte so nicht mehr lange weitermachen, seine Stiergesundheit litt bereits beträchtlich, er fuhr häufig aus dem Schlaf auf, der Atem wurde ihm knapp, das Herz kam aus dem Takt, in seinem Magen brannte es, und in seinen Schläfen läuteten Glocken. Auch seine Geschäfte krankten an den Auswirkungen seines Liebeskummers, er faßte überstürzte Entschlüsse und verlor Geld. Verflucht, ich weiß schon nicht mehr, wer ich bin und wo ich stehe, verdammt soll sie sein, knurrte er schwitzend, aber nicht einen Augenblick erwog er die Möglichkeit, die Jagd aufzugeben.

Als er das dunkelviolette Etui wieder in den Händen hielt und niedergeschlagen in seinem Hotelzimmer im Sessel saß, fiel ihm sein Großvater ein. An seinen Vater dachte er sehr selten, um so häufiger aber an diesen unglaublichen Großvater, der mit über neunzig Jahren noch sein Grünzeug anbaute. Er griff zum Telefon und verlangte ein Ferngespräch.

Der alte Fortunato war fast taub und konnte auch den Mechanismus dieses teuflischen Apparates nicht begreifen, der ihm Stimmen vom andern Ende der Erde ins Haus brachte, aber das hohe Alter hatte ihm nichts von der Klarheit des Verstandes genommen. Er hörte, so gut er konnte, der traurigen Geschichte seines Enkels bis zum Ende zu, ohne ihn zu unterbrechen.

»Diese Schlampe leistet sich also den Luxus, sich über meinen Jungen lustig zu machen, was?«

»Sie sieht mich nicht einmal an, Großpapa. Sie ist reich, schön, vornehm, sie hat alles.«

»Aha … und einen Ehemann hat sie auch.«

»Hat sie auch, aber das ist das wenigste. Wenn sie mich nur mit sich sprechen ließe!«

»Sprechen? Wozu? Es gibt nichts, was man mit einer Frau wie der sprechen kann, Junge.«

»Ich hab ihr ein herrliches Halsband geschenkt, und sie hat es mir ohne ein einziges Wort zurückgeschickt.«

»Gib ihr etwas, was sie nicht hat.«

»Was denn zum Beispiel?«

»Einen guten Grund zum Lachen. Das versagt nie bei den Frauen«, und der Großvater schlief mit dem Hörer in der Hand ein und träumte von all den Mädchen, die ihn geliebt hatten, als er noch lebensgefährliche Kunststücke auf dem Trapez vorgeführt und mit seiner Äffin getanzt hatte.

Am folgenden Tag begrüßte der Juwelier Zimmerman in seinem Geschäft eine reizende junge Dame, Maniküre von Beruf, wie sie ihm erzählte, die ihm dasselbe Smaragdhalsband, das er achtundvierzig Stunden vorher verkauft hatte, zum halben Preis anbot. Der Juwelier erinnerte sich sehr gut an den Käufer, einen eingebildeten Lümmel, den man unmöglich vergessen konnte.

»Ich brauche ein Schmuckstück, das imstande ist, die Verteidigungswaffen einer hochmütigen Dame untauglich zu machen«, hatte er gesagt.

Zimmerman hatte ihn kurz gemustert und sofort entschieden, daß er einer dieser Neureichen sein müsse, die ihr Geld mit Kokain oder mit Öl gemacht haben. Er hatte keinen Sinn für Vulgaritäten, er war an eine andere Klasse von Leuten gewöhnt. Sehr selten bediente er die Kunden selbst, aber dieser Mensch hatte darauf bestanden,

44

mit ihm zu sprechen, und schien geneigt, sein Geld ohne Zögern zu verschwenden.

»Was empfehlen Sie mir?« hatte er vor dem Fach gefragt, in dem die wertvollsten Stücke lagen.

»Das kommt auf die Dame an. Rubine und Perlen schimmern am schönsten auf brauner Haut, Smaragde kommen auf einem helleren Teint besser zur Geltung, Brillanten sind immer vollendet schön.«

»Sie hat schon zu viele Brillanten. Ihr Mann schenkt sie ihr, als wären es Karamelbonbons.«

Zimmerman hüstelte. Vertraulichkeiten dieser Art stießen ihn ab. Der Mann nahm das Halsband, trug es ohne große Umstände zum Licht, schüttelte es wie eine Glocke, und unter zartem Klingklang sprühten grüne Funken, während das Magengeschwür des Juweliers sich aufbäumte.

»Glauben Sie, daß Smaragde Glück bringen?«

»Ich nehme an, alle wertvollen Steine erfüllen diese Bedingung, Senor, aber ich bin nicht abergläubisch.«

»Das ist eine ganz besondere Frau. Ich darf mit dem Geschenk nicht danebentreffen, verstehen Sie?«

»Vollkommen.«

Aber offensichtlich war genau das geschehen, sagte sich Zimmerman und konnte ein spöttisches Lächeln nicht unterdrücken, als dieses Mädchen ihm das Halsband zurückbrachte. Nein, an dem Halsband war nichts falsch, sie, diese Kleine, war der Irrtum. Er hatte sich eine elegantere Frau vorgestellt, keinesfalls eine Maniküre mit solch einer Plastiktasche und einer so gewöhnlichen Bluse. Aber das Mädchen machte ihn neugierig, es hatte etwas Verwundbares, Rührendes an sich, armes Ding, die wird kein gutes Ende nehmen in den Händen dieses Banditen, dachte er.

»Es ist besser, wenn Sie mir alles erzählen, Kind«, sagte Zimmerman.

Die junge Frau lieferte ihm die Geschichte ab, die sie auswendig gelernt hatte, und eine Stunde später verließ sie leichten Schrittes das Geschäft. Wie es von Anfang an geplant gewesen war, hatte der Juwelier nicht nur das Halsband zurückgekauft, sondern sie auch noch zum Abendessen eingeladen. Sie war schnell dahintergekommen, daß Zimmerman zu den Männern gehörte, die zwar schlau und mißtrauisch in geschäftlichen

Belangen sind, aber arglos in allen übrigen Dingen, und daß es einfach sein werde, ihn über die Zeit hin abzulenken, die Horacio Fortunato brauchte und für die er zu zahlen bereit war.

Dies wurde ein denkwürdiger Abend für Zimmerman, der mit einem Essen gerechnet hatte und unversehens in ein leidenschaftliches Liebesabenteuer geriet. Am folgenden Tag traf er seine neue Freundin wieder, und gegen Ende der Woche teilte er Patricia stotternd mit, er müsse für ein paar Tage nach New York zu einer Versteigerung von russischen Kleinodien, die aus dem Jekaterinburger Massaker gerettet worden seien. Seine Frau hörte ihm nur halb zu.

Patricia, alleingeblieben, hatte keine Lust auszugehen, zumal ihre Kopfschmerzen kamen und gingen und ihr keine Ruhe ließen. Also beschloß sie, an diesem Sonnabend nur zu faulenzen. Sie setzte sich auf die Terrasse und blätterte in Modezeitschriften. Es hatte die ganze Woche nicht geregnet, und die Luft war trocken und drückend. Sie las eine Weile, bis die Sonne sie einzuschläfern begann, ihr Körper wurde schwer, ihre Augen schlossen sich, und die Zeitschrift rutschte ihr aus den Händen. Da erreichte ein Geräusch sie aus

47

der Tiefe des Gartens, und sie dachte, es wäre der Gärtner, dieser eigensinnige Bursche, der in weniger als einem Jahr ihren Besitz in einen tropischen Dschungel verwandelt hatte, all ihre Chrysanthemenbeete zerstört hatte, um einer überquellenden Pflanzenvielfalt Raum zu schaffen. Sie öffnete die Augen, sah zerstreut gegen die Sonne und bemerkte, daß ein Etwas von ungewohnter Größe sich im Wipfel des Avocadobaumes bewegte. Sie nahm die Sonnenbrille ab und richtete sich auf. Kein Zweifel, ein Schatten bewegte sich dort oben, und es war nicht das Laub.

Patricia stand auf und ging ein paar Schritte vor, und dann konnte sie deutlich ein blaugekleidetes Phantom mit einem goldenen Umhang sehen, das in mehreren Metern Höhe durch die Luft flog, einen Purzelbaum schlug und einen Augenblick in der Bewegung innezuhalten schien und sie vom Himmel herab grüßte. Patricia unterdrückte einen Schrei, sie war sicher, die Erscheinung werde wie ein Stein herabstürzen, zerspringen und sich in nichts auflösen, wenn sie die Erde berührte, aber der Umhang blähte sich, und das strahlende Flügelwesen streckte die Arme aus und landete auf einem nahen Mispelbaum. Plötzlich tauchte eine andere blaue Gestalt, an den Beinen hängend, im Wipfel des anderen Baumes auf und schaukelte ein mit Blumen gekröntes kleines Mädchen an den Handgelenken. Der erste Trapezkünstler machte ein Zeichen, und der zweite warf ihm das Kind zu, das im Flug einen Regen von papiernen Schmetterlingen ausstreute, bevor es an den Fußgelenken aufgefangen wurde. Patricia vermochte sich nicht zu rühren, solange diese stummen Vögel mit den goldenen Umhängen dort oben flogen.

Plötzlich füllte ein Schrei den Garten, ein langgezogenes, barbarisches Röhren, das Patricia von den Trapezkünstlern ablenkte. Sie sah an einer seitlichen Mauer des Gartens ein dickes Seil herabfallen, und daran kletterte Tarzan persönlich herunter, er selbst, den sie aus den Filmmatineen und Comics ihrer Kindheit kannte, mit seinem spärlichen Lendenschurz aus Tigerfell und einem echten Affen auf der Hüfte, der seine Taille umklammerte. Der Herr des Urwalds sprang anmutig zu Boden, schlug sich mit den Fäusten gegen die Brust und ließ noch einmal seinen inbrünstigen Schrei hören und lockte damit alle Angestellten des Hauses an, die aufgeregt auf die Terrasse gestürzt kamen. Patricia machte ihnen ein Zeichen, ruhig zu bleiben, während Tarzans Stimme verklang und von einem düsteren Trommelwirbel abgelöst wurde, der einen Zug von vier Ägypterinnen ankündigte. Sie schritten seitwärts gedreht, Köpfe und Füße nach vorn gewandt, ihnen folgte ein Buckliger mit einer gestreiften Kapuze, der einen schwarzen Panther an einer Kette hinter sich herzog. Dann erschienen zwei Mönche, die einen Sarkophag trugen, ihnen folgte ein Engel mit langen goldenen Haaren, und den Schluß bildete ein als Japaner verkleideter Indio im Kimono und auf hohen hölzernen Pantinen. Alle blieben hinter dem Schwimmbecken stehen. Die Mönche setzten den Sarkophag auf den Rasen, und während die Ägypterinnen in irgendeiner toten Sprache vor sich hin sangen und der Engel und Kuramoto ihre erstaunlichen Muskeln spielen ließen, hob sich der Deckel, und ein Wesen wie ein Albtraum erhob sich aus dem Innern. Als es aufrecht stand und alle seine Binden sichtbar waren, wurde offenbar, daß es sich um eine Mumie in bestem Gesundheitszustand handelte. In diesem Augenblick heulte Tarzan abermals auf und fing ohne jeden Anlaß an, um die Ägypterinnen herumzuspringen und den Affen zu schütteln. Die Mumie verlor ihre jahrtausendealte Geduld, hob einen Arm und ließ ihn wie einen Knüppel auf den Nacken des Waldmenschen herabsausen, woraufhin der leblos niedersank, das Gesicht im Gras vergraben. Der Affe kletterte kreischend auf einen Baum. Bevor der einbalsamierte Pharao den Tarzan mit einem zweiten Hieb gänzlich erledigte, sprang dieser hoch und stürzte sich brüllend auf seinen Gegner. Beide wälzten sich in einer unwahrscheinlichen Stellung ineinander verschlungen über das Gras, als plötzlich der Panther sich losriß und alle auseinanderstoben und hinter Bäumen und Sträuchern Zuflucht suchten, während die Angestellten des Hauses sich in der Küche in Sicherheit brachten. Patricia war schon im Begriff, ins Schwimmbecken zu springen, als durch schieren Zauber eine Person in Frack und Zylinder erschien, die mit einem knallenden Peitschenschlag das Raubtier auf der Stelle bannte und es zu Boden zwang, wo es schnurrend wie ein Kätzchen die Pfoten in die Luft streckte. Das erlaubte dem Buckligen, die Kette wieder zu ergreifen, während der Bändiger den Zylinder abnahm und eine Meringetorte daraus hervorzog, die er zur Terrasse trug und der Herrin des Hauses zu Füßen legte.

Aus der Tiefe des Gartens erschienen nun die übrigen Mitglieder der Truppe: die Musiker der Zirkuskapelle, Märsche spielend, die Clowns, die sich prügelten, die Zwerge von den mittelalterlichen Königshöfen, die Reiterin, aufrecht auf ihrem Pferd stehend, die bärtige Frau, die radfahrenden Hunde, der Strauß im Kostüm der Colombine und zum Schluß eine Reihe von Boxern in ihren Satinhosen und ihren vorgeschriebenen Handschuhen, die eine Plattform auf Rädern schoben, über der sich ein Bogen aus bemalter Pappe wölbte. Und dort, auf dieser Kaiserestrade aus der Requisitenkammer, kam Horacio Fortunato mit seinem unveränderlichen Liebhaberlächeln, den Haarschopf mit Brillantine angeklebt, stolz unter seinem Triumphbogen, umgeben von seinem unglaublichen Zirkus, bejubelt von den Trompeten und Trommeln seines eigenen Orchesters, der prächtigste, verliebteste und unterhaltsamste Mann der Welt. Patricia lachte schallend und ging ihm entgegen.

Tosca

Ihr Vater setzte sie ans Klavier, als sie fünf Jahre alt war, und mit zehn gab Maurizia Rugieri, in rosa Organza und Lackschuhen, im Club Garibaldi ihr erstes Konzert vor einem wohlwollenden Publikum, das in der Mehrheit aus Mitgliedern der italienischen Kolonie bestand. Am Schluß legten sie ihr Blumensträuße zu Füßen, und der Clubvorsitzende überreichte ihr eine Gedenkplakette und eine Porzellanpuppe mit Schleifen und Spitzen.

»Wir grüßen dich, Maurizia Rugieri, als ein frühreifes Genie, ein Wunderkind wie Mozart. Die großen Konzertpodien der Welt erwarten dich«, sagte er vollmundig.

Das Kind wartete, bis der Beifall sich gelegt hatte, und seine Stimme übertönte das stolze Schluchzen seiner Mutter, als es dann mit unerwartetem Hochmut nur zwei Sätze sprach.

»Dies ist das letzte Mal, daß ich Klavier gespielt habe. Ich will Sängerin werden«, verkündete es und ging aus dem Saal, die Puppe an einem Bein nachschleifend. – Als ihr Vater sich von der Schande erholt hatte, steckte er sie in eine Gesangsschule zu einem strengen Lehrer, der ihr für jede falsche Note auf die Finger schlug, was aber die Begeisterung des Kindes für die Oper nicht dämpfen konnte. Als sie jedoch aus dem Kleinmädchenalter herausgewachsen war, erkannte man, daß sie ein Vogelstimmchen hatte, kaum ausreichend, um ein Baby in den Schlaf zu singen, und also mußte sie ihre anspruchsvollen Vorstellungen, ein Opernsopran zu werden, gegen ein banaleres Los eintauschen. Mit neunzehn Jahren heiratete sie Ezio Longo, einen italienischen Einwanderer der ersten Generation, Architekt ohne Diplom und Baumeister von Beruf, der sich vorgenommen hatte, auf Zement und Stahl ein Imperium zu gründen, und mit fünfunddreißig Jahren hatte er es schon recht gut gefestigt.

Ezio Longo verliebte sich in Maurizia Rugieri mit derselben Entschlossenheit, mit der er die Hauptstadt mit seinen Bauten übersäte. Er war kleingewachsen, hatte einen soliden Knochenbau, einen Nacken wie ein Zugochse und ein energisches, etwas brutales Gesicht mit kräftigen Lippen und schwarzen Augen. Seine Arbeit nötigte ihn, derbe Kleidung zu tragen, und vom vielen Aufenthalt in der Sonne war seine Haut tiefbraun gebrannt und von Falten durchzogen wie gegerbtes Leder. Er war von gutmütigem, großzügigem Charakter, lachte gern und liebte Volksmusik und reichliches Essen ohne viel Umstände. Unter diesem ein wenig gewöhnlichen Äußeren steckten eine empfindsame Seele und eine Zartheit, die er in Worten oder Gesten nicht auszudrücken verstand. Wenn er Maurizia ansah, füllten sich bisweilen seine Augen mit Tränen und die Brust mit einer beklemmenden Zärtlichkeit, die er, schrecklich beschämt, mit einem Klaps zu tarnen suchte. Es war ihm unmöglich, seine Gefühle auszudrücken, und er glaubte, wenn er sie mit Geschenken überhäufte und mit stoischer Geduld ihre häufig wechselnden Launen und ihre eingebildeten Leiden ertrug, würde das die Mängel in seinem Liebhaberrepertoire ausgleichen. Das drängende Verlangen, das sie in ihm erregte, erneuerte sich jeden Tag mit der Glut ihrer ersten Begegnungen, er umarmte sie erbittert und suchte den Abgrund, der zwischen ihnen klaffte, zu überwinden, aber all seine Leidenschaft zersplitterte an Maurizias Zimperlichkeit, deren Phantasie ständig in romantischen Romanen und Musik von Verdi und Puccini schwelgte. Ezio schlief ein, von den Anstrengungen des Tages besiegt, und hatte Albträume von schiefen Wänden und sich windenden Treppen, und wenn er am Morgen erwachte, setzte er sich im Bett auf und betrachtete seine schlafende Frau mit so gespannter Aufmerksamkeit, daß er lernte, ihre Träume zu erraten. Er hätte sein Leben dafür hingegeben, daß sie seine Gefühle mit gleicher Stärke erwiderte.

Er baute ihr ein riesiges, von Säulen getragenes Haus, in dem der Stilmischmasch und der Überfluß an Verzierungen den Orientierungssinn verwirrten und in dem vier Dienstboten rastlos tätig waren, allein schon um Bronzefiguren zu polieren, die Fußböden zu wienern, die Kristallgehänge der Kronleuchter zu putzen, die Möbel mit den vergoldeten Füßen abzustauben und die aus Spanien importierten falschen Perser zu klopfen. Das Haus hatte im Garten ein kleines Amphitheater mit Lautsprechern und Scheinwerfern, in dem Maurizia für ihre Gäste zu singen pflegte. Ezio hätte nicht einmal in seiner Sterbestunde zugegeben, daß er außerstande war, jene schwankenden Spatzentriller schön zu finden, nicht nur, um die Lücken in seiner Bildung nicht preiszugeben, sondern vor allem aus Achtung vor den künstlerischen Neigungen seiner Frau.

Er war ein optimistischer Mensch und seiner selbst sicher, aber als Maurizia ihm weinend mitteilte, sie sei schwanger, überkam ihn eine unbezähmbare Angst, er hatte ein Gefühl, als würde sein Herz wie eine Melone gespalten, als könnte es für so viel Glück in dieser grauen Welt keinen Raum geben. Ihm schoß durch den Sinn, daß eine Katastrophe sein unsicheres Paradies zerstören könnte, und er machte sich bereit, es gegen jede Einmischung zu verteidigen.

Die Katastrophe war ein Medizinstudent, dem Maurizia in der Straßenbahn begegnete. Inzwischen war das Kind geboren, ein Geschöpf so vital wie sein Vater, das gegen allen Schaden gefeit schien, eingeschlossen den bösen Blick, und die Mutter hatte wieder ihre schlanke Figur. Der Student setzte sich neben Maurizia auf der Fahrt ins Stadtzentrum, ein schmaler, blasser Junge mit dem Profil einer römischen Statue. Er las die Partitur der *Tosca* und pfiff leise zwischen den Zähnen die Arie aus dem letzten Akt. Ihr war, als verewigte sich die ganze Mittagssonne in ihren Wangen, und ein voreiliger Schweiß netzte ihren Büstenhalter. Sie konnte nicht anders, sie mußte die Worte des unglücklichen Mario Cavaradossi mitsingen, mit denen er die Morgendämmerung grüßt, ehe das Erschießungskommando seinem Leben ein Ende setzt. So, zwischen zwei Notenlinien einer Partitur, begann die Romanze. Der junge Mann hieß Leonardo Gómez und war ein genauso begeisterter Anhänger des Belcanto wie Maurizia.

Während der folgenden Monate schaffte der Student sein Arztdiplom, und sie durchlebte eine nach der andern alle Tragödien der Oper und einige der Weltliteratur, sie starb nacheinander durch Don José, die Tuberkulose, eine ägyptische Gruft, durch Dolch und Gift, sie liebte in italienischen, französischen und deutschen Arien, sie war Aida, Carmen und Lucia di Lammermoor, und jedesmal war Leonardo Gómez der Gegenstand ihrer unsterblichen Leidenschaft. In Wirklichkeit verband die beiden eine keusche Liebe, die sie sehnlichst zu vollziehen wünschte und die er in seinem Innern bekämpfte aus Achtung vor der verheirateten Frau. Sie trafen sich an öffentlichen Orten, und manchmal schlangen sie in der dunklen Ecke eines Parkes die Hände ineinander, sie steckten sich Zettelchen zu, mit Tosca oder Mario unterschrieben, und Ezio nannten sie natürlich Scarpia. Ezio aber war so dankbar für den Sohn, seine schöne Frau und den Wohlstand, die der Himmel ihm gewährt hatte, und so von Arbeit in Anspruch genommen, um seiner Familie alle nur mögliche Sicherheit bieten zu können, daß er, hätte ihm ein Nachbar nicht den Klatsch über Maurizia erzählt, die allzuoft Straßenbahn fuhr, vielleicht nie erfahren hätte, was da hinter seinem Rücken vor sich ging.

Ezio Longo war immer auf die Möglichkeit vorbereitet, mit einem geschäftlichen Verlust oder einer Krankheit fertig werden zu müssen oder gar mit einem Unfall seines Sohnes, wie er ihn sich manchmal voll abergläubischen Entsetzens ausmalte, aber nie wäre ihm eingefallen, daß ein halbgares Studentlein ihm dreist seine Frau abspenstig machen würde. Als er es hörte, war er drauf und dran, kräftig darüber zu lachen, denn von allen Ärgernissen schien ihm dies am leichtesten zu klären, aber nach diesem ersten Impuls übermannte ihn eine blinde Wut, und die Galle stieg ihm hoch. Er folgte Maurizia zu einer verschwiegenen kleinen Konditorei, wo er sie mit ihrem Anbeter schokoladetrinkend erwischte. Er bat nicht lange um Erklärungen. Er packte seinen Nebenbuhler unter den Armen, hob ihn hoch und schmiß ihn gegen die Wand, unter dem Klirren von zerbrechendem Porzellan und dem Gekreisch der Gäste. Dann nahm er seine Frau beim Arm und führte sie zum Wagen, einem der letzten importierten Daimler, bevor der Zweite Weltkrieg die geschäftlichen Verbindungen mit Deutschland zerschlug. Er schloß sie im Haus ein und stellte zwei Maurer aus seiner Firma zur Bewachung an die Tür.

Maurizia verbrachte zwei Tage weinend im Bett, ohne zu sprechen und ohne zu essen. Inzwischen hatte Ezio Longo Zeit gehabt nachzudenken, und seine Wut hatte sich in dumpfe Enttäuschung gewandelt, die ihm die Verlassenheit seiner Kinderjahre, die Armut seiner Jugend, die Einsamkeit seines Daseins ins Gedächtnis brachte und den ganzen unstillbaren Hunger nach Zärtlichkeit, der ihn begleitet hatte, bis er Maurizia kennenlernte und glaubte, eine Göttin erobert zu haben. Am dritten Tag hielt er es nicht länger aus und trat in das Zimmer seiner Frau. »Um unseres Sohnes willen, Maurizia, du mußt dir diesen Unfug aus dem Kopf schlagen. Ich weiß, ich bin nicht sehr romantisch, aber wenn du mir hilfst, kann ich mich ändern. Ich bin nicht der Mann, der sich Hörner gefallen läßt, und ich liebe dich zu sehr, um dich gehen zu lassen. Wenn du mir nur die Möglichkeit gibst, werde ich dich glücklich machen, das schwöre ich dir.«

Statt einer Antwort drehte sie sich zur Wand und verlängerte ihr Fasten um zwei weitere Tage. Ihr Mann ging erneut zu ihr.

»Ich würde wirklich gern wissen, was zum Teufel dir fehlt auf dieser Welt, vielleicht kann ich es dir ja verschaffen«, sagte er besiegt.

»Leonardo fehlt mir. Ohne ihn sterbe ich.«

»Na schön, du kannst mit diesem Bubi davongehen, wenn du willst, aber unseren Sohn wirst du nie wiedersehen.«

Sie packte ihre Koffer, kleidete sich in Musselin, setzte einen Hut mit Schleier auf und telefonierte nach einem Taxi. Ehe sie ging, küßte sie schluchzend das Kind und flüsterte ihm ins Ohr, daß sie bald zurückkehren werde, um es zu holen. Ezio, der in einer Woche sechs Kilo und die

Hälfte seiner Haare verloren hatte, nahm ihr das Kind aus den Armen.

Maurizia fuhr in die Pension, in der ihr Anbeter wohnte, und sah sich dort vor die Tatsache gestellt, daß er zwei Tage zuvor abgereist war, um als Arzt im Lager einer Erdölgesellschaft zu arbeiten, in einer jener heißen Provinzen, deren Namen an Indios und Schlangen erinnern. Es kostete sie einiges, sich klarzumachen, daß er ohne Abschied fortgefahren war, aber sie schob es auf die Mißhandlung in der Konditorei und bedachte, daß Leonardo schließlich ein Dichter war und daß die Brutalität ihres Mannes ihn ganz natürlich hatte aus der Fassung bringen müssen. Sie nahm ein Zimmer im Hotel und schickte in den folgenden Tagen Telegramme an alle nur denkbaren Stellen. Tatsächlich gelang es ihr auch, Leonardo ausfindig zu machen, und sie teilte ihm mit, daß sie seinetwegen auf ihr einziges Kind verzichtet, ihrem Mann, der Gesellschaft und selbst Gott getrotzt habe und daß ihr Entschluß, ihm auf seinem Lebensweg zu folgen, bis daß der Tod sie scheide, absolut unwiderruflich sei.

Die Reise war eine beschwerliche Expedition erst mit dem Zug, dann per Bus und an einigen

Stellen auf dem Flußweg. Maurizia war alleine nie über einen Radius von dreißig Querstraßen rund um ihr Haus hinausgekommen, aber weder die Großartigkeit der Landschaft noch die riesigen Entfernungen konnten sie einschüchtern. Unterwegs verlor sie zwei Koffer, und ihr Musselinkleid war nur noch ein gelb eingestaubter Lumpen, aber sie kam doch endlich an der Flußmündung an, wo Leonardo sie erwarten sollte. Als sie aus dem Bus stieg, sah sie eine Piroge am Ufer und rannte darauf zu, daß ihr langes Haar sich aus dem verrutschten Hut löste und mit den Fetzen des Schleiers um die Wette flog. Aber statt ihres Mario standen da ein Neger mit einem Tropenhelm und zwei melancholische Indios mit Paddeln in den Händen. Zum Umkehren war es zu spät. Sie nahm die Erklärung an, daß Doktor Gómez einen Notfall gehabt habe, und stieg mit den Resten ihres ramponierten Gepäcks in das Boot, wobei sie inbrünstig betete, daß diese drei Männer doch bitte keine Banditen oder Kannibalen sein möchten. Zum Glück waren sie beides nicht und brachten sie auf dem Wasser durch eine weitgedehnte rauhe und wilde Gegend heil und gesund an den Ort, wo ihr Anbeter sie erwartete.

Dieser Ort bestand eigentlich aus zwei Orten, der eine wurde von langgestreckten Gemeinschaftsbaracken gebildet, in denen die Arbeiter wohnten, der andere, wo die Angestellten lebten, bestand aus den Büros der Gesellschaft, fünfundzwanzig vorgefertigten, aus den Vereinigten Staaten eingeflogenen Häuschen, einem albernen Golfplatz und einem Schwimmbecken mit grünem Wasser, das jeden Morgen voller riesiger Kröten war, das Ganze umgeben von einem Drahtzaun mit einem Tor, vor dem zwei Posten Wache hielten. Es war ein Lager von Männern auf der Durchreise, hier drehte sich das ganze Dasein um den schwarzen Schlamm, der aus der Tiefe der Erde heraufstieg wie das unaufhörliche Erbrechen eines Drachen. In jener Abgeschiedenheit gab es sonst keine Frauen außer ein paar geduldige Gefährtinnen der Arbeiter; die Gringos und die Vorarbeiter fuhren alle drei Monate nach Hause, um ihre Familien zu besuchen. Die Ankunft der Gattin von Doktor Gómez, wie sie Maurizia nannten, brachte den gewohnten Trott für ein paar Tage durcheinander, bis sie sich daran gewöhnt hatten, sie mit ihren Schleiern, ihrem Sonnenschirm und ihren Ballschuhen vorübergehen zu sehen wie eine Gestalt, die einer ganz anderen Geschichte entsprungen war.

Maurizia ließ nicht zu, daß die Rauheit dieser Männer oder die tagtägliche Hitze sie kleinkriegte, sie hatte sich vorgenommen, ihr Schicksal mit Größe zu tragen, und fast gelang ihr das auch. Sie machte aus Leonardo Gómez den Helden ihres eigenen Melodrams, schmückte ihn mit utopischen Tugenden und übertrieb die Bedeutung ihrer Liebe bis zum Schwachsinn, ohne sich mit der Überlegung aufzuhalten, ob sie bei ihrem Geliebten auf Widerhall stieß, ohne zu wissen, ob er bei dieser zügellosen Leidenschaftsgaloppade mit ihr Schritt hielt. Wenn Leonardo erkennen ließ, daß er weit zurücklag, schrieb sie das seiner Schüchternheit und seiner schwachen Gesundheit zu, die sich in dem teuflischen Klima verschlechtert habe. Er wirkte allerdings tatsächlich so zerbrechlich, daß sie endgültig von all ihren alten Leiden genas, um sich seiner Pflege zu widmen. Sie begleitete ihn in das primitive Krankenhaus und lernte die Obliegenheiten einer Krankenschwester, um ihm zu helfen. Sich um Opfer der Malaria zu kümmern oder schreckliche Wunden von Unfällen an den Bohrlöchern zu versorgen erschien ihr besser, als in ihrem Haus eingeschlossen zu sein, unter einem Ventilator zu sitzen und zum hundertsten Mal dieselben überholten Zeitschriften und romantischen Novellen zu lesen. Zwischen Spritzen und Verbänden konnte sie sich selbst als Kriegsheldin sehen, eine dieser tapferen Frauen aus den Filmen, die es manchmal im Club des Lagers gab. Sie weigerte sich mit selbstmörderischer Entschlossenheit, die schäbige Wirklichkeit wahrzunehmen, und war hartnäckig darauf bedacht, jeden Augenblick mit Worten zu verschönern, da alles andere nun einmal unmöglich war. Sie sprach von Leonardo Gómez, den sie beharrlich Mario nannte, wie von einem Heiligen, der sich dem Dienst an der Menschheit geweiht hat, und machte es sich zur Aufgabe, aller Welt zu beweisen, daß sie beide die Helden einer außergewöhnlichen Liebe seien, was jeden Angestellten der Gesellschaft entmutigte, der sich vielleicht für die einzige weiße Frau am Ort hätte entflammen können. Die barbarischen Bedingungen im Lager nannte sie »Berührung mit der Natur« und nahm die Übel einfach nicht zur Kenntnis: die Moskitos, das giftige Geziefer, die Leguane, die höllischen Tage, die stickigen Nächte, die Tatsache, daß sie sich allein nicht vors Tor wagen durfte. Ihre Einsamkeit, ihren Überdruß, ihren natürlichen Wunsch, durch die Straßen einer Stadt zu spazieren, sich modisch zu kleiden, ihre Freundinnen zu besuchen und ins Theater zu gehen, bezeichnete sie als »leichte Nostalgie«. Das einzige, was sie nicht mit einem anderen Namen versehen konnte, war der animalische Schmerz, unter dem sie sich krümmte, wenn sie an ihr Kind dachte, und deshalb hielt sie es für besser, es nie zu erwähnen.

Leonardo Gómez arbeitete länger als zehn Jahre in dem Lager, bis ihn das Fieber und das Klima zerrieben hatten. Er hatte so lange in dem schützenden Umkreis der Ölgesellschaft gelebt, daß er keine Lust verspürte, sich an eine vielleicht feindseligere Umgebung zu gewöhnen, andererseits erinnerte er sich noch an Ezio Longos Wut, mit der er ihn an die Wand gedonnert hatte, und daher erwog er nicht einmal die Möglichkeit, in die Hauptstadt zurückzukehren. Er suchte nach einem Posten in irgendeinem vergessenen Winkel, wo er in Frieden weiterleben könnte, und so kam er eines Tages, es war Anfang der fünfziger Jahre, mit seiner Frau, seinem medizinischen Instrumentarium und seinen Opernschallplatten in Agua Santa an.

Maurizia entstieg dem Bus ganz nach der Mode gekleidet, in einem engen Kleid mit großen Tupfen und mit einem riesigen schwarzen Strohhut – Dinge, die sie sich über einen Katalog aus New York hatte schicken lassen, etwas, was man hierorts gar nicht kannte. Auf jeden Fall wurden sie mit der Gastfreundschaft der kleinen Dörfer aufgenommen, und in weniger als vierundzwanzig Stunden kannten alle die Legende von der großen Liebe der beiden Neuankömmlinge. Sie nannten sie Tosca und Mario, ohne die geringste Ahnung zu haben, wer diese Personen waren, aber Maurizia unternahm es, sie aufzuklären. Sie gab ihre Schwesterntätigkeit bei Leonardo auf, stellte einen Kirchenchor zusammen und bot den Leuten die ersten Gesangskonzerte in der Geschichte des Dorfes. Stumm vor Staunen sahen die Einwohner von Agua Santa zu, wie sie sich auf einer in der Schule behelfsmäßig aufgeschlagenen Bühne in Madame Butterfly verwandelte, aufgeputzt mit einem wunderlichen Morgenrock, ein paar Stricknadeln im hochfrisierten Haar, einer Plastikblume hinterm Ohr und das Gesicht mit wei-

ßer Kreide bemalt, und mit ihrem Vogelstimmchen zu trillern begann. Keiner verstand auch nur
ein Wort von dem Gesang, aber als sie nieder-
kniete und ein Küchenmesser zückte, das sie sich
in den Bauch zu stechen drohte, schrie das Publikum auf vor Entsetzen, und ein Zuschauer sprang
auf die Bühne, um sie davon abzubringen, wand
ihr die Waffe aus den Händen und zwang sie auf-
zustehen. Anschließend entspann sich eine lange
Diskussion über die Gründe für den tragischen
Entschluß der japanischen Dame, und alle waren
sich einig, daß der nordamerikanische Marineof-
fizier, der sie verlassen hatte, ein gewissenloser
Schurke war, er war es nicht wert, daß sie seinetwegen starb, denn das Leben ist lang, und es gibt
viele Männer auf dieser Erde. Die Aufführung
endete in lärmendem Vergnügen, als sich spon-
tan eine kleine Musikkapelle zusammenfand und
die Leute zu tanzen begannen. Diesem denk-
würdigen Abend folgten andere gleichartige: Gesang, Tod, Erklärung der Opernhandlung durch
die Sopranistin, öffentliche Diskussion und ab-
schließendes Fest.

Doktor Mario und Señora Tosca waren zwei hochgeachtete Mitglieder der Gemeinde, er kümmerte sich um die Gesundheit der Leute, sie um das kulturelle Leben, wozu auch die Wandel in der Mode gehörten. Sie wohnten in einem kühlen, angenehmen Haus, dessen eine Hälfte von der Arztpraxis eingenommen wurde. Im Patio hielten sie einen blaugelben Ara, der über ihren Köpfen flog, wenn sie durch den Ort spazierten. Jeder wußte, wohin der Doktor und seine Frau gingen, denn der Vogel begleitete sie stets und schwebte mit seinen breiten zweifarbigen Schwingen schweigend zwei Meter über ihnen. So lebten sie viele Jahre in Agua Santa, bewundert von den Leuten, die sie ein Beispiel für vollkommene Liebe nannten.

Während eines seiner Malariaanfälle verirrte sich der Doktor auf den Wegen des Fiebers und fand nicht mehr zurück. Sein Tod erschütterte das Dorf, die Leute fürchteten, seine Frau könnte einen verhängnisvollen Schritt tun wie die vielen, die sie singend dargestellt hatte, und deshalb wechselten sie sich in den folgenden Wochen Tag und Nacht dabei ab, ihr Gesellschaft zu leisten. Maurizia kleidete sich von Kopf bis Fuß in Trauer, malte alle Möbel schwarz an und schleppte ihren Schmerz mit sich herum wie einen hartnäckigen Schatten, bis sich zwei tiefe Falten neben ihrem Mund bildeten, aber sie beabsichtigte nicht, ihrem Leben ein Ende zu machen. Vielleicht empfand sie in der Vertrautheit ihres Zimmers, wenn sie allein im Bett lag, eine tiefe Erleichterung, weil sie nicht länger den schweren Karren ihrer Träume ziehen mußte, weil es nicht mehr nötig war, die Person am Leben zu erhalten, die sie erfunden hatte, um sich selbst darzustellen, weil sie nicht länger seiltänzerische Kunststückchen vollbringen mußte, um die Schwächen eines Mannes zu übertünchen, der nie auf der Höhe ihrer Illusionen gewesen war. Aber die Gewohnheit, Theater zu spielen, war zu tief in ihr verwurzelt. Mit derselben unendlichen Geduld, mit der sie sich früher das Bild der romantischen Heldin geschaffen hatte, erdichtete sie jetzt die Legende von ihrer Untröstlichkeit. Sie blieb in Agua Santa, immer in Schwarz gekleidet, obwohl es schon seit einiger Zeit nicht mehr üblich war, so lange Trauer zu tragen, und weigerte sich, wieder zu singen, trotz der inständigen Bitten ihrer Freundinnen, die glaubten, die Oper könne ihr

Trost geben. Das Dorf schloß einen engen Kreis um sie, wie eine feste Umarmung, um ihr das Leben erträglich zu machen und ihr bei ihren Erinnerungen beizustehen. Mit der Hilfe aller wuchs das Bild des Doktor Gómez in der Vorstellung des Dorfes ins Heroische. Nach zwei Jahren veranstalteten sie eine Sammlung, um eine Bronzebüste anfertigen zu lassen, die sie auf einem Postament gegenüber dem steinernen Standbild des Befreiers auf dem Platz aufstellten.

In ebendiesem Jahr wurde die Autobahn gebaut, die an Agua Santa vorbeiführte und das Aussehen und den Geist des Dorfes für immer veränderte. Zu Anfang widersetzten sich die Leute dem Projekt, weil sie glaubten, nun würden die armen Häftlinge aus dem Gefängnis Santa Maria wieder herangeholt und gezwungen, mit Fesseln an den Füßen Bäume zu fällen und Steine zu klopfen wie damals, so erzählten die Großväter, als zu Zeiten des Wohltäters die Landstraße gebaut worden war. Aber bald kamen die Ingenieure aus der Stadt und erklärten ihnen, diesmal würden moderne Maschinen die Arbeit machen und keine Häftlinge. Ihnen folgten die Landvermesser und danach die Arbeitertrupps mit orangefarbenen Helmen und Jacken, die im Dunkeln leuchteten. Die Maschinen stellten sich als Ungeheuer heraus, groß wie Dinosaurier, schätzte die Lehrerin der Schule, und auf ihren Flanken stand der Name der Firma: »Ezio Longo und Sohn«. Am selben Tag kamen auch Vater und Sohn in Agua Santa an, um die Arbeiten zu überwachen und die Löhne zu zahlen.

Als Maurizia die Maschinen und die Schilder ihres ehemaligen Mannes sah, versteckte sie sich in ihrem Haus hinter verschlossenen Fenstern in der unsinnigen Hoffnung, so für ihre Vergangenheit unerreichbar zu sein. Aber achtundzwanzig lange Jahre hatte sie die Erinnerung an den fernen Sohn ertragen wie einen in ihre Körpermitte eingerammten Schmerz, und als sie erfuhr, daß die Chefs der Baugesellschaft selbst in Agua Santa waren und im Wirtshaus zu Mittag aßen, konnte sie nicht länger gegen ihren Mutterinstinkt ankämpfen. Sie betrachtete sich im Spiegel. Sie war eine Frau von einundfünfzig Jahren, alt geworden unter der Tropensonne und der Anstrengung, ein Trugbild des Glücks vorzutäuschen, aber ihre Falten hielten noch den Adel des Stolzes fest. Sie bürstete sich das Haar und steckte es zu einem hohen Knoten auf, ohne zu versuchen, die weißen Strähnen zu verbergen, zog ihr bestes schwarzes Kleid an und legte das Perlenhalsband von ihrer Hochzeit um, das sie durch alle Abenteuer gerettet hatte, und mit einer Geste schüchterner Koketterie tuschte sie die Wimpern ein bißchen und tupfte ein wenig Rot auf Wangen und Lippen. Sie ging aus dem Haus und spannte gegen die Sonne den Regenschirm von Leonardo Gómez auf. Der Schweiß lief ihr den Rücken hinunter, aber sie zitterte nicht.

Zu dieser Stunde waren die Rolläden des Wirtshauses geschlossen, um die Mittagshitze draußenzuhalten, und so brauchte Maurizia eine Weile, bis sich die Augen an das Halbdunkel gewöhnten und sie an einem der Tische im Hintergrund Ezio Longo und den jungen Mann erkannte, der ihr Sohn sein mußte. Ihr Ehemann hatte sich viel weniger verändert als sie, vielleicht weil er schon immer ein Mensch ohne Alter gewesen war. Derselbe Löwennacken, derselbe solide Knochenbau, dieselben ein wenig grobschlächtigen Züge und die tiefliegenden Augen, aber nun gemildert durch einen Fächer von fröhlichen Fältchen, wie sie ein heiteres Gemüt hervorbringt. Über seinen Teller gebeugt, kaute er hingegeben und hörte seinem Sohn zu. Maurizia beobachtete sie von weitem. Ihr Sohn war jetzt nahe an die dreißig. Obwohl er von ihr die langen Beine und die zarte Haut geerbt hatte, waren die Bewegungen die seines Vaters, er aß mit dem gleichen Behagen, schlug auf den Tisch, um seinen Worten Nachdruck zu geben, lachte herzhaft, ein vitaler, energischer Mann mit einem entschiedenen Sinn für seine eigene Kraft, ausgezeichnet befähigt für den Kampf. Maurizia betrachtete Ezio Longo mit neuen Augen und erkannte zum erstenmal seine starke Männlichkeit. Sie tat ein paar Schritte nach vorn, bewegt, mit stockendem Atem, sie sah sich selbst wie aus einer anderen Dimension, als stünde sie auf einer Bühne und stellte den dramatischsten Augenblick des langen Theaterstücks dar, das ihr Leben gewesen war, die Namen von Mann und Sohn auf den Lippen und voller Bereitschaft, Vergebung zu erlangen für all die vielen Jahre des Fernseins. In diesen wenigen Minuten sah sie das minutiöse Räderwerk der Falle, in der sie drei Jahrzehnte der Selbsttäuschung zugebracht hatte. Sie begriff, daß der wahre Held des Stückes Ezio Longo war, und hätte gern geglaubt, er habe all diese Jahre hindurch nicht aufgehört, sich nach ihr zu sehnen und auf sie zu warten, mit der beständigen, leidenschaftlichen Liebe, die Leonardo Gómez ihr nie hatte geben können, weil sie seinem Wesen fremd war.

In diesem Augenblick, als sie mit einem einzigen weiteren Schritt aus dem Dunkel getreten und sichtbar geworden wäre, beugte sich der junge Mann vor, umfaßte das Handgelenk seines Vaters und sagte mit einem sympathischen Zwinkern ein paar Worte. Die beiden brachen in schallendes Gelächter aus, klopften sich auf die Schultern, zerstrubbelten sich gegenseitig das Haar, und das alles mit einer männlichen Zärtlichkeit und einer festen Kameradschaftlichkeit, aus denen Maurizia und der Rest der Welt ausgeschlossen waren. Sie schwankte einen unendlichen Augenblick auf der Grenze zwischen Traum und Wirklichkeit, und dann wandte sie sich um, trat aus dem Wirtshaus, öffnete ihren schwarzen Regenschirm und kehrte in ihr Haus zurück, und der Ara flog über ihrem Kopf wie ein wunderlicher Erzengel aus dem Kirchenkalender.

Ester Lucero

Sie brachten ihm Ester Lucero auf einer improvisierten Trage, sie blutete wie ein Schlachttier und hatte die dunklen Augen weit aufgerissen vor Entsetzen. Als der Arzt Angel Sánchez sie sah, verlor er zum erstenmal seine sprichwörtliche Ruhe, und das aus gutem Grund, denn er war in sie verliebt seit dem Tag, da er sie zum erstenmal sah, und da war sie noch ein Kind gewesen. Zu jener Zeit hatte sie ihre Puppen noch nicht weggepackt, er dagegen kehrte, um tausend Jahre gealtert, von seinem letzten ruhmreichen Feldzug zurück. Er kam an der Spitze seiner Kolonne in die kleine Stadt, auf dem Dach eines Kleinlasters sitzend, ein Gewehr über den Knien, mit einem monatealten Bart und einer für immer in der Leistengegend steckengebliebenen Kugel, aber so glücklich, wie er es nie zuvor gewesen war. Inmitten der Menge sah er das Mädchen, das ein rotes Papierfähnchen schwenkte und wie alle anderen den Befreiern zujubelte. Er war Mitte dreißig und sie um die zwölf, aber Angel Sánchez ahnte in den zarten und doch festen Gliedern und dem tiefen Blick des Kindes die Schönheit, die heimlich im Werden war. Er beobachtete sie vom Wagen herab und war schon fast überzeugt, daß sie eine Vision sein mußte, aus der Hitze der Sümpfe und dem Siegesrausch aufgestiegen, aber als er in dieser Nacht keinen Trost in den Armen der Eintagsbraut fand, die ihm zugefallen war, wurde ihm klar, daß er nach diesem Geschöpf suchen mußte, zumindest um herauszufinden, ob sie ein Blendwerk gewesen war.

Am folgenden Tag, als die stürmischen Straßenfeiern verrauscht waren und die Aufgabe gelöst werden wollte, die Welt in Ordnung zu bringen und die Trümmer der Diktatur wegzukehren, machte Sánchez sich auf die Suche durch den Ort. Sein erster Gedanke waren die Schulen, aber er erfuhr, daß sie seit dem letzten Kampf noch geschlossen waren, und so mußte er von Tür zu Tür gehen. Nach ein paar Tagen geduldiger Wanderung und als er schon glaubte, das Mädchen sei eine Täuschung seines erschöpften Herzens gewesen, kam er an ein winziges blaugestrichenes Haus, dessen Front zahlreiche Kugelspuren aufwies und dessen einziges Fenster sich zur Straße öffnete ohne mehr Schutz als seine geblümten Vorhänge. Er rief einigemal, ohne Antwort zu erhalten, dann entschloß er sich einzutreten.

Das Innere war nur ein einziger, ärmlich möblierter Raum, kühl und dämmrig. Er durchquerte ihn, öffnete die Tür und stand in einem weitläufigen Patio voller Gerätschaften und Gerümpel, mit einer Hängematte unter einem Mangobaum, einem Waschtrog, einem Hühnergehege im Hintergrund und einem Überfluß an Blechbüchsen und Tontöpfen, in denen Kräuter, Grünzeug und Blumen wuchsen. Hier fand er endlich, was er geträumt zu haben glaubte. Ester Lucero stand barfüßig da, in einem Kleid aus Hanfleinen, die Haarmähne im Nacken mit einem Schnürsenkel zusammengefaßt, und half ihrer Großmutter, die Wäsche in der Sonne auszubreiten. Als die beiden ihn sahen, wichen sie unwillkürlich zurück, denn sie hatten gelernt, Männern in Stiefeln zu mißtrauen.

»Haben Sie keine Angst, ich bin ein Genosse«, stellte er sich vor, die speckige Baskenmütze in der Hand. Von diesem Tag an beschränkte Angel Sánchez sich darauf, Ester Lucero schweigend zu begehren, denn er schämte sich dieser unmöglich zu gestehenden Leidenschaft für ein unreifes Kind. Ihretwegen lehnte er es ab, in die Hauptstadt zu gehen, als die Beute, die Anteile an der Macht, verteilt wurde, und zog es vor, das einzige Krankenhaus in dieser entlegenen Kleinstadt zu übernehmen. Er trachtete nicht danach, die Liebe außerhalb seiner Einbildungskraft zu vollziehen. Er lebte von einfachsten Freuden: sie zur Schule vorübergehen zu sehen, sie zu behandeln, als sie sich an den Masern angesteckt hatte, ihr Obstsäfte zu besorgen, als Milch, Eier und Fleisch nur für die Kleinsten ausreichten und die übrigen sich mit Bananen und Mais begnügen mußten, und sie in ihrem Patio zu besuchen, wo er es sich auf einem Stuhl bequem machte und sie unter dem wachsamen Auge der Großmutter in die Geheimnisse der Mathematik einführte. Ester nannte ihn schließlich Onkel, weil ihr keine passendere Anrede einfiel, und die alte Frau nahm seine Gegenwart hin als ein weiteres unerklärliches Rätsel der Revolution.

»Was kann einem gebildeten Mann, Doktor, Chef des Krankenhauses und Held des Vaterlandes, an dem Geschwätz einer Alten und dem

Schweigen ihrer Enkelin liegen?« fragten sich die Klatschtanten des Ortes.

In den folgenden Jahren erblühte das Mädchen, wie das zu gehen pflegt, aber Angel Sánchez glaubte in ihrem Fall, das sei ein Wunder. Er war sicher, daß die Sinne jedes Mannes in Aufruhr gerieten, der sie vorübergehen sah, so wie es ihm geschah, deshalb verwunderte es ihn, daß es um Ester nicht von Bewerbern wimmelte. Er wurde von verwirrenden Gefühlen gepeinigt: Eifersucht auf alle Männer, anhaltender Schwermut – Frucht der Verzweiflung – und dem höllischen Fieber, das ihn zur Stunde der Siesta heimsuchte, wenn er sich das Mädchen vorstellte, nackt und feucht, wie es im Dunkel des Zimmers mit schamlosen Gesten nach ihm rief. Niemand erfuhr jemals von seinen stürmischen Seelenzuständen. Die Selbstbeherrschung, zu der er sich zwang, wurde ihm zur zweiten Natur, und so erwarb er den Ruf, ein guter Mensch zu sein. Die Matronen der kleinen Stadt wurden es schließlich müde, ihm eine Frau zu suchen, und akzeptierten es, daß der Doktor ein bißchen seltsam war.

»Ein Schwuler scheint er nicht zu sein«, meinten sie, »aber vielleicht hat die Malaria oder die

Kugel, die er irgendwo zwischen den Beinen hat, ihm den Geschmack an den Frauen verdorben.«

Angel Sánchez grollte seiner Mutter, daß sie ihn zwanzig Jahre zu früh in die Welt gesetzt hatte, und seinem Schicksal, das seinen Körper und seine Seele mit so vielen Narben übersät hatte. Er betete, daß eine Laune der Natur die Harmonie verzerren und Esters Ausstrahlung verdunkeln möge, damit niemand ahnte, daß sie die schönste Frau dieser Welt und jeder möglichen anderen war. Als sie sie daher an diesem unseligen Donnerstag auf der Trage ins Krankenhaus brachten, die Großmutter vorneweg und ein Schwanz von Neugierigen hinterdrein, schrie der Doktor laut auf. Und als er die Decke hochhob und die entsetzliche Wunde sah, die das junge Mädchen buchstäblich durchbohrte, glaubte er, er hätte dieses Unheil bewirkt, weil er so sehr gewünscht hatte, daß sie niemals einem anderen Mann gehören sollte.

»Sie ist auf den Mango im Patio geklettert, ist abgerutscht und hat sich auf dem Pflock aufgespießt, an dem wir die Gans anbinden«, erklärte die Großmutter.

»Arme Kleine, sie ist ja gepfählt wie ein Vampir.

Es war gar nicht leicht, sie loszumachen«, sagte der Nachbar, der sie tragen half.

Ester schloß die Augen und wimmerte leise.

Von diesem Augenblick an focht Angel Sánchez ein persönliches Duell mit dem Tod aus. Er operierte das Mädchen, gab ihm Spritzen, machte ihm Bluttransfusionen, fütterte es mit Antibiotika, aber nach zwei Tagen wurde offenkundig, daß das Leben durch die Wunde entfloh wie ein unaufhaltsamer Strom. Auf einem Stuhl neben der Sterbenden sitzend, stützte er den Kopf gegen das Fußende, überwältigt von Anspannung und Kummer, und schlief ein wie ein Neugeborenes. Der Schlaf dauerte nur ein paar Minuten. Während er von riesigen Fliegen träumte, irrte sie verloren durch die Albträume ihres Todeskampfes, und so begegneten sie einander in einem Niemandsland, und in ihrem gemeinsamen Traum klammerte sie sich an seinen Arm und bat ihn, sie nicht aufzugeben, sich nicht vom Tod besiegen zu lassen. Angel Sánchez fuhr erwachend hoch, und sofort war ganz deutlich die Erinnerung an Negro Rivas da und an das aller Vernunft widersprechende Wunder, das ihm das Leben zurückgegeben hatte. Er rannte hinaus und stieß auf dem

Gang mit der Großmutter zusammen, die in endlose gemurmelte Gebete versunken war.

»Bete weiter, ich bin in fünfzehn Minuten zurück!« rief er ihr zu und verschwand.

Zehn Jahre zuvor, als Angel Sánchez mit seinen Genossen durch den Urwald marschierte, sich durch wucherndes Gestrüpp kämpfte, unsäglich gequält von Moskitos und von der Hitze, immer wieder in die Enge getrieben, immer wieder die Soldaten der Diktatur in einen Hinterhalt lokkend, als sie nicht mehr als eine Handvoll verrückter Schwärmer waren, als sie monatelang keine Frau gerochen und keine Seife auf dem Körper gespürt hatten, als der Hunger und die Angst eine zweite Haut geworden und das einzige, was sie in Bewegung hielt, die Verzweiflung war, als sie überall Feinde sahen und selbst ihren eigenen Schatten nicht trauten, da geschah es eines Tages, daß Negro Rivas über den Rand einer Schlucht stürzte, metertief hinabrollte und dumpf wie ein Beutel Lumpen aufschlug. Seine Gefährten brauchten zwanzig Minuten, um mit Stricken zwischen spitzen Steinen und krummen Baumstämmen hinabzuklettern, wo sie ihn ins Dik kicht vergraben fanden, und sie brauchten fast zwei Stunden, um ihn, der blutüberströmt war, hochzuhieven.

Negro Rivas, ein tapferer, fröhlicher Riese, der gern und viel sang und stets bereit war, sich einen schwächeren Kameraden auf den Rücken zu laden, war aufgeschlitzt wie ein Granatapfel, die Rippen lagen bloß, und eine tiefe Wunde zog sich von der Schulter bis zur Mitte der Brust. Sánchez hatte zwar eine Instrumententasche für Notfälle dabei, aber dies überforderte seine bescheidenen Möglichkeiten beträchtlich. Ohne die geringste Hoffnung nähte er die Wunde, verband sie mit Stoffstreifen und verabreichte dem Verletzten, was an Medikamenten da war. Sie legten Negro Rivas auf ein zwischen zwei Ästen befestigtes Stück Zeltplane und trugen ihn so immer abwechselnd, bis ihnen klar wurde, daß jede Erschütterung eine Minute Leben weniger bedeutete, denn ihm floß der Eiter heraus wie aus einer Quelle, und er redete im Fieberwahn von Leguanen mit Frauenbrüsten und von unheilbringenden bösen Geistern.

Sie wollten gerade ihr Lager aufschlagen, um ihn in Frieden sterben zu lassen, als einer am

Rand einer Grube mit schwarzem Wasser zwei Indios entdeckte, die sich freundschaftlich lausten. Ein Stück dahinter, im dichten Urwalddunst versunken, lag das Dorf. Es war ein in einem fernen Zeitalter verharrender Stamm, ohne mehr Berührung mit diesem Jahrhundert als durch irgendeinen unerschrockenen Missionar, der ihnen erfolglos die Gebote Gottes gepredigt hatte, und, was schwerer wiegt, ohne jemals von einem Aufstand gewußt oder den Schrei »Vaterland oder Tod« gehört zu haben. Trotz aller Verschiedenheit und trotz der sprachlichen Hindernisse begriffen die Indios, daß diese erschöpften Männer keine große Gefahr darstellten, und hießen sie schüchtern willkommen. Die Rebellen zeigten auf den Sterbenden. Einer der Indios, der ihr Häuptling zu sein schien, führte sie zu einer Hütte, die im ewigen Dämmerlicht stand und wo es bestialisch nach Urin und Kot stank. Hier legten sie Negro Rivas auf eine Strohmatte, und alle seine Gefährten und der ganze Stamm umgaben ihn. Nach einer kleinen Weile erschien der Medizinmann in seinem zeremoniellen Schmuck mit Ketten aus Lianenblüten um den Hals. Der Kommandant erschrak, als er die fanatischen Augen und die Dreckkruste auf seinem Körper sah, aber Angel Sánchez erklärte ihm, daß man nichts mehr für den Verletzten tun könne, und was auch immer der Zauberer zustande brächte – und sei es auch nur, ihm sterben zu helfen –, wäre jedenfalls besser als nichts. Der Kommandant befahl seinen Männern, die Waffen abzulegen und Schweigen zu bewahren, damit dieser merkwürdige halbnackte Weise sein Amt ohne Ablenkung ausüben konnte.

Zwei Stunden später war das Fieber gesunken, und Negro Rivas konnte Wasser trinken. Am folgenden Tag wiederholte der Medizinmann seine Behandlung. Als es Abend wurde, saß der Kranke schon und aß einen dicken Maisbrei, und zwei Tage später versuchte er die ersten Schritte, und die Wunde heilte mit unglaublicher Schnelligkeit. Während die übrigen Guerilleros den Fortschritten des Genesenden zusahen, durchwanderte Angel Sánchez mit dem Medizinmann die Gegend und sammelte Pflanzen in seine Tasche. Jahre später wurde Negro Rivas Polizeichef in der Hauptstadt und erinnerte sich nur dann daran, daß er einmal beinahe gestorben wäre, wenn er eine neue Frau umarmen wollte und die ihn unweigerlich fragte, was das für eine lange Narbe sei, die ihm die Brust in zwei Teile teilte.

Wenn ein nackter Indio Negro Rivas retten konnte, dann werde ich Ester Lucero retten, und wenn ich einen Pakt mit dem Teufel schließen muß, dachte Angel Sánchez, während er sein Haus kopfstellte auf der Suche nach den Pflanzen, die er all diese Jahre aufgehoben und bis zu diesem Augenblick völlig vergessen hatte. Er fand sie in Zeitungspapier eingewickelt, vertrocknet und zerbröselnd, auf dem Grund eines zerbeulten Koffers neben einem Heft mit Gedichten, einer Baskenmütze und anderen Erinnerungen an den Krieg. Der Arzt jagte wie ein Verfolgter in der bleiernen Hitze, die den Asphalt schmolz, ins Krankenhaus zurück. Er nahm die Treppen in großen Sprüngen und stürzte schweißgebadet in Esters Zimmer. Die Großmutter und die Krankenschwester sahen ihn vorbeirennen und folgten ihm bis an das Guckfenster in der Tür. Befremdet beobachteten sie, wie er den weißen Kittel auszog, das Baumwollhemd, die dunkle Hose, die Schuhe mit den Gummisohlen, die er immer trug, und die auf dem Schwarzmarkt gekauften ausländischen Socken. Dann sahen sie entsetzt, wie er auch die Unterhose auszog und nackt wie ein Rekrut dastand. »Heilige Maria, Mutter Gottes!« rief die Großmutter aus.

Durch das Guckfenster verfolgten sie, wie der Doktor das Bett in die Zimmermitte schob und, nachdem er Ester einige Sekunden beide Hände auf den Kopf gelegt hatte, einen rasenden Tanz rund um die Kranke begann. Er hob die Knie bis an die Brust, beugte sich tief herab, schwang wild die Arme, schnitt groteske Grimassen, ohne auch nur einen Augenblick den inneren Rhythmus zu verlieren, der seinen Füßen Flügel gab. Eine halbe Stunde hörte er nicht auf, wie ein Wahnsinniger zu tanzen, ohne gegen die Sauerstoffflaschen und die Tropfständer zu stoßen. Dann zog er ein paar trockene Blätter aus der Kitteltasche, warf sie in eine Schüssel, bearbeitete sie mit der Faust, bis er sie zu schwarzem Pulver zerdrückt hatte, spuckte ausgiebig darauf, vermischte alles zu einer Paste und ging damit zu der Sterbenden. Die Frauen sahen, wie er die Verbände abwickelte und, so meldete die Schwester in ihrem Bericht, »die Wunde mit der ekelerregenden Mixtur bestrich, ohne die Gesetze der Asepsis zu beachten oder die Tatsache, daß er sein Geschlecht nackt zur Schau stellte«. Als der Doktor fertig war, setzte er sich einfach auf den Boden, völlig erschöpft, aber erleuchtet von einem seligen Lächeln.

Wenn Dr. Angel Sánchez nicht der Chef des Krankenhauses und ein unbestrittener Held der Revolution gewesen wäre, hätten sie ihn in eine Zwangsjacke gesteckt und ohne große Formalitäten ins Irrenhaus verfrachtet. Aber niemand getraute sich, die Tür aufzubrechen, die er verriegelt hatte, und als der Bürgermeister sich endlich entschlossen hatte, es mit Hilfe der Feuerwehr doch zu tun, waren schon vierzehn Stunden vergangen, und Ester Lucero saß mit offenen Augen im Bett und betrachtete vergnügt ihren Onkel Angel, der wieder alles ausgezogen hatte und die zweite Behandlungsphase mit weiteren Ritualtänzen einleitete. Zwei Tage später, als die eigens aus der Hauptstadt entsandte Kommission des Gesundheitsministeriums ankam, spazierte die Kranke am Arm ihrer Großmutter über den Gang, und der ganze Ort wanderte durch das Krankenhaus, um das wiederauferstandene Mädchen zu sehen, und der Leitende Direktor, tadellos korrekt gekleidet, empfing die Kollegen hinter dem

Schreibtisch. Die Kommission versagte es sich, im einzelnen nach den ungewöhnlichen Tänzen des Arztes zu fragen, und verwandte ihre Aufmerksamkeit darauf, sich nach den wunderwirkenden Pflanzen des Medizinmannes zu erkundigen.

Einige Jahre sind vergangen, seit Ester Lucero vom Mangobaum fiel. Das junge Mädchen hat inzwischen einen netten Mann geheiratet, einen Inspektor beim Luftreinhaltungsamt, und ist in die Hauptstadt gezogen, wo sie ein kleines Mädchen zur Welt gebracht hat mit zarten und festen Gliedern und tiefen dunklen Augen. Ihrem Onkel Angel schickt sie von Zeit zu Zeit Karten, die mit orthographischen Fehlern gespickt sind. Das Gesundheitsministerium hat vier Expeditionen nacheinander losgeschickt, die die Wunderkräuter im Urwald suchen sollen, aber ohne Erfolg. Die Pflanzenwelt hat das Eingeborenendorf verschluckt und mit ihm die Hoffnung auf ein wissenschaftlich gestütztes Medikament gegen sonst unheilbare Unfallschäden.

Doktor Angel Sánchez ist allein geblieben, ohne weitere Gesellschaft als das Bild Ester Luceros, die ihn zur Stunde der Siesta in seinem Zimmer besucht und ihm in einem immerwährenden Bacchanal die Seele verbrennt. Das Ansehen des Arztes ist in der ganzen Gegend sehr gewachsen, denn man kann ihn in Eingeborenensprachen mit den Sternen reden hören.

María die Törin

María die Törin glaubte an die Liebe. Das machte
sie zu einer lebenden Legende. Zu ihrem Begräbnis strömten alle Nachbarn herbei und sogar die
Polizisten und der Blinde vom Kiosk, der sein
Geschäft selten verließ. Die Calle República lag
verlassen, und zum Zeichen der Trauer hängten
sie schwarze Bänder von den Balkonen und
löschten die roten Laternen an den Häusern aus.
Jeder Mensch hat seine Geschichte, und in diesem
Viertel sind sie fast immer düster, Geschichten
von Armut und von Ungerechtigkeiten ohne
Ende, von erlittenen Gewalttaten, von Kindern,
die vor der Geburt sterben, und von Liebhabern,
die davongehen, aber Marías Geschichte war anders, sie hatte einen Schimmer von Vornehmheit
und brachte die Einbildungskraft der andern
Frauen zum Blühen. María schaffte es, ihr Ge-
werbe als Selbständige auszuüben, verstand dis-
kret und ohne großes Gehabe zurechtzukom-
men. Niemals war sie neugierig auf Alkohol oder
Drogen und ebensowenig auf die Ratschläge für

fünf Pesos, welche die Wahrsagerinnen und die Hellseher des Viertels verkauften. Sie schien sicher vor den Qualen der Hoffnung, geschützt durch die Kraft ihrer erfundenen Liebe. Sie war eine harmlos aussehende kleine Frau mit feinen Zügen und anmutigen Bewegungen, ganz Sanftmut und Weichheit, aber wenn ein Zuhälter versuchte, sie mit Beschlag zu belegen, dann sah er sich einer geifernden Bestie gegenüber, ganz Krallen und Zähne, die bereit war, jeden Schlag zurückzugeben, und sollte es sie das Leben kosten. Sie lernten, sie in Frieden zu lassen. Während die anderen Frauen ihr Leben lang blaue Flecke unter dicken Schichten billiger Schminke verstecken mußten, wurde sie bis ins Alter geachtet, immer umgab sie der gewisse Hauch einer Königin im Baumwollkittel. Sie hatte keine Ahnung von dem Ansehen, das sie genoß, oder von ihrer Legende, die von den anderen Frauen bunt ausgeschmückt wurde. Sie war eine alte Prostituierte mit der Seele eines unschuldigen Mädchens.

In ihren Erinnerungen kamen beharrlich ein mörderischer Koffer vor und ein dunkler Mann mit dem Geruch nach Meer; wenn sie aus ihrem

Leben erzählte, setzten ihre Freundinnen ein Teilstückchen nach dem andern geduldig zusammen, fügten mit Hilfe der Phantasie hinzu, was fehlte, und stellten so ihre Vergangenheit wieder her. Natürlich war sie nicht wie die übrigen Frauen der Calle República. Sie kam aus einer fernen Welt, wo die Haut bleicher ist und das Spanische voller und kräftiger klingt. Sie war zur großen Dame geboren, das schlossen die anderen Frauen aus ihrer gesuchten Redeweise und ihren fremd anmutenden Manieren, und wenn je ein Zweifel aufkam, zerstreute sie ihn mit ihrem Sterben. Sie ging mit unversehrter Würde dahin. Sie litt an keiner bekannten Krankheit, war weder verängstigt, noch atmete sie durch die Ohren wie die gewöhnlichen Sterbenden – sie teilte nur einfach mit, daß sie den Überdruß, am Leben zu sein, nicht länger ertrug, zog sich ihr bestes Kleid an, schminkte sich die Lippen und öffnete die Wachstuchvorhänge, die in ihr Zimmer führten, damit alle ihr Gesellschaft leisten konnten. »Meine Zeit zu sterben ist jetzt gekommen«, das war ihre einzige Erklärung.

Sie lehnte sich in ihrem Bett zurück, im Rücken durch drei Kopfkissen gestützt, deren Bezüge sie für den Anlaß eigens gestärkt hatte, und trank, ohne Atem zu holen, einen großen Becher sämiger Schokolade aus. Die andern Frauen lachten, aber als sie sie nach vier Stunden auf keine Weise wecken konnten, begriffen sie, daß ihr Entschluß endgültig gewesen war, und verbreiteten es im ganzen Viertel. Viele kamen herbeigelaufen, einige aus Neugier, aber die meisten aus echtem Kummer, und die blieben bei ihr, um sie nicht allein zu lassen. Ihre Freundinnen kochten Kaffee und boten ihn den Besuchern an, denn es erschien ihnen geschmacklos, Likör zu reichen, sie würden dies hier doch nicht mit einer Feier verwechseln! Gegen sechs Uhr abends durchfuhr ein Zittern Marías Körper, sie öffnete die Lider, blickte in die Runde, ohne die Gesichter zu erkennen, und dann verließ sie diese Welt. Das war alles. Jemand kam auf den Gedanken, sie hätte mit der Schokolade vielleicht Gift getrunken, und dann wären alle schuld an ihrem Tod, weil sie sie nicht rechtzeitig ins Krankenhaus gebracht hätten, aber niemand beachtete solcherart Verleumdung.

»Wenn María sich entschlossen hat zu gehen, war das ihr gutes Recht, sie hatte weder Kinder noch Eltern zu versorgen«, entschied die Hauswirtin.

Sie wollten sie nicht in ein Beerdigungsinstitut zur Aufbahrung abschieben, denn ihr vorbedachtes Todeslager sollte doch ein feierliches Ereignis in der Calle República sein, und es war nur gerecht, daß sie ihre letzten Stunden, bevor sie in die Erde gesenkt wurde, in der Umgebung verbrachte, in der sie gelebt hatte, und daß man sie nicht wie eine Fremde behandelte, um die keiner trauern wollte. Manche meinten, ob eine Totenwache in diesem Haus nicht Unheil über die Seele der Verstorbenen oder die Seelen der Kunden bringen würde und daß sie vielleicht auch versehentlich einen Spiegel zerbrechen könnten, wenn sie den Sarg transportierten, und so holten sie Weihwasser aus der Kapelle des Priesterseminars und spritzten es in alle Ecken. In dieser Nacht wurde im Lokal nicht gearbeitet, es gab weder Musik noch Gelächter, aber auch kein Weinen. Sie stellten den Sarg auf einen Tisch mitten im Saal, die Nachbarn borgten Stühle, und die Besucher machten es sich bequem, tranken Kaffee und unterhielten sich leise. Mitten unter ihnen ruhte María, den Kopf auf einem flachen Kissen, die

Hände gefaltet und das Bild ihres toten Kindes auf der Brust. Im Lauf der Nacht veränderte sich der Ton ihrer Haut, bis er dunkel war wie Schokolade.

Während dieser langen Stunden, die wir an Marías Sarg wachten, erfuhr ich ihre Geschichte, die mir ihre Freundinnen erzählten. Sie war zur Zeit des Ersten Weltkriegs geboren worden, in einer Provinz im Süden des Kontinents, wo die Bäume mitten im Jahr die Blätter verlieren und die Kälte in die Knochen beißt. Sie war die Tochter einer vornehmen Familie von spanischen Emigranten. Als die Frauen ihr Zimmer durchsuchten, waren sie auf eine Keksschachtel gestoßen, in der brüchige, vergilbte Papiere lagen, darunter ihre Geburtsurkunde, Fotos und Briefe. Ihr Vater hatte eine große Hacienda besessen, und einem mit der Zeit braun gewordenen Zeitungsausschnitt nach war ihre Mutter Pianistin gewesen, bevor sie heiratete. Als María zwölf Jahre alt war, überquerte sie einmal unaufmerksam einen Bahnübergang und wurde von einem Güterzug erfaßt. Sie lag zwischen den Schienen, als sie sie aufhoben, und schien außer ein paar Kratzern keinen Schaden davongetragen zu haben, nur den Hut hatte sie verloren. Doch nach kurzer Zeit mußten ihre Eltern feststellen, daß der Aufprall das Kind in einen Zustand der Einfalt versetzt hatte, aus dem es nie wieder herausfinden sollte. Es hatte sogar das bißchen Schulwissen vergessen, das es vor dem Unfall besessen hatte, es erinnerte sich nur mit Mühe an ein paar Klavierlektionen und den Gebrauch der Nähnadel, und wenn es angesprochen wurde, blickte es geistesabwesend. Was es jedoch nicht vergessen hatte, waren die Regeln der Höflichkeit, die wahrte es bis zum letzten Tag.

Der Schlag der Lokomotive hatte María unfähig zu vernünftigem Denken, überlegtem Handeln und grollendem Mißmut gemacht. Ebendeswegen war sie gut ausgerüstet für das Glücklichsein, aber das war ihr nicht zugedacht. Als sie siebzehn war, beschlossen ihre Eltern, die Last dieser zurückgebliebenen Tochter einem andern aufzuladen und sie zu verheiraten, ehe ihre Schönheit welkte. Dr. Guevara war ein zurückgezogen lebender Mann und wenig begabt für die Ehe, aber er schuldete ihnen Geld und konnte sich nicht weigern, als sie ihm die Verbindung antrugen. Noch im selben Jahr wurde die Hochzeit gefeiert, im kleinen Kreis, wie es einer verrückten

Braut und einem um mehrere Jahrzehnte älteren Bräutigam zukam.

María gelangte ins Ehebett mit dem Gemüt eines Kleinkindes, obwohl sie den reifen Körper einer Frau hatte. Der Zug hatte ihre natürliche Neugier zerschlagen, aber er hatte die Ungeduld ihrer Sinne nicht zerstören können. Sie verfügte nur über die Kenntnis, die sie beim Beobachten der Tiere auf der Hacienda mitbekommen hatte, sie wußte, daß kaltes Wasser gut ist, um den Hund von der Hündin zu trennen, wenn er sie besprint, und daß der Hahn die Federn sträubt und kräht, wenn er die Henne besteigt, aber ihr fiel keine geeignete Verwendung für dieses Wissen ein. In ihrer Hochzeitsnacht sah sie ein zitterndes altes Männchen auf sich zukommen in einem offenen Flanellschlafrock und mit etwas Ungeahntem unter dem Bauchnabel. Die Überrumplung bewirkte eine Verstopfung, von der sie nicht zu sprechen wagte, und als sie anzuschwellen begann wie ein Ballon, trank sie eine ganze Flasche Margeritenwasser aus – ein Mittel gegen Skrofulose und zur Kräftigung, das in großen Dosen abführend wirkt – und verbrachte daraufhin zweiundzwanzig Tage auf dem Nachtgeschirr und war so aufgelöst, daß sie beinahe ein paar lebenswichtige Organe verloren hätte, aber die Schwellung ging davon nicht zurück. Bald konnte sie ihre Kleider nicht mehr zuknöpfen, und endlich brachte sie zur angemessenen Zeit einen blonden Jungen zur Welt. Nachdem sie einen Monat im Bett gelegen hatte, wo sie sich von Hühnersuppe und täglich zwei Litern Milch ernährte, stand sie kräftiger und klarsichtiger auf, als sie je in ihrem Leben gewesen war. Sie schien von ihrer ständigen dumpfen Benommenheit geheilt zu sein und kriegte sogar Lust, sich elegante Kleider zu kaufen. Doch sie kam nicht dazu, ihren neuen Staat vorzuführen, denn Señor Guevara erlitt einen Gehirnschlag und starb am Eßtisch, den Suppenlöffel in der Hand. María schickte sich darein, Trauerkleider und Hüte mit Schleier zu tragen, sie war in Schwarz begraben. So verbrachte sie zwei Jahre, strickte Jacken für die Armen und vergnügte sich mit ihren Schoßhunden und ihrem Sohn, dem sie lange Locken wachsen ließ und Mädchenkleider anzog, wie er auf einem der Fotos aus der Keksdose zu sehen ist – er sitzt auf einem Bärenfell und ist von einem übernatürlichen Leuchten umgeben.

Für die Witwe war die Zeit in einem nicht en-
den wollenden Augenblick stehengeblieben, die
Luft in den Zimmern verharrte unbeweglich und
hatte immer noch den Geruch nach alten Leuten,
den ihr Mann hinterlassen hatte. Sie lebte in demselben Haus weiter, versorgt von treuen Dienstboten und beaufsichtigt von ihren Eltern und
Geschwistern, die sich abwechselten, um sie täglich zu besuchen, ihre Ausgaben zu überwachen
und ihr selbst die kleinsten Entschlüsse abzunehmen. Die Jahreszeiten kamen und gingen, die
Blätter fielen von den Bäumen im Garten, die Ko-
libris des Sommers kehrten zurück, nichts änderte sich im täglichen Trott. Manchmal fragte sie
sich, weshalb sie schwarze Kleider trug, denn sie
hatte den altersschwachen Ehemann vergessen,
der sie ein paarmal zwischen den Leinenlaken
schwächlich umarmt und dann, seine Wollust be-
reuend, sich der Madonna zu Füßen geworfen
und sich mit einer Reitgerte kasteit hatte. Hin und
wieder öffnete sie den Schrank, um die Kleider zu
lüften, und selten konnte sie der Versuchung wi-
derstehen, sich ihre dunkle Tracht abzustreifen
und, als täte sie etwas Verbotenes, die perlenbe-
stickten Roben, die Pelzstolen, die flachen Ball-

schuhe aus Atlasstoff und die Handschuhe aus Ziegenleder anzuprobieren. Sie betrachtete sich in dem dreifachen Spiegel und grüßte diese für einen Ball gekleidete Frau, in der sie sich nur mit großer Mühe wiedererkannte.

Nach zwei Jahren machte das Rauschen des Blutes, das in ihren Adern siedete, ihr das Alleinleben unerträglich. Am Sonntag verhielt sie in der Kirchentür, um die Männer vorbeigehen zu sehen, angezogen von dem rauhen Klang ihrer Stimmen, den rasierten Wangen und dem Tabakgeruch. Verstohlen lüftete sie den Schleier und lächelte sie an. Ihr Vater und ihre Brüder bemerkten das sehr bald, und da sie überzeugt waren, daß dieses Amerika sogar den Anstand der Witwen verdarb, beschlossen sie im Familienrat, sie zu Verwandten nach Spanien zu schicken, wo sie zweifellos vor frivolen Versuchungen sicher sein würde, geschützt durch die soliden Traditionen und die Macht der Kirche. So begann die Reise, die das Schicksal der Törin María gründlich verändern sollte.

Sie wurde von ihren Eltern an Bord eines Überseeschiffes gebracht, mit ihrem Sohn, einem Dienstmädchen und den Schoßhunden. Zu dem umfangreichen Gepäck gehörte außer den Möbeln aus Marías Zimmer und ihrem Klavier auch eine Kuh, die im Laderaum des Schiffes untergebracht wurde und dem Kind frische Milch liefern sollte. Unter den vielen Koffern und Hutschachteln war auch ein riesiger Kabinenkoffer mit bronzebeschlagenen Kanten und Ecken, der die aus dem Mottenpulver geretteten Festkleider enthielt. Die Familie glaubte zwar nicht, daß María im Haus der Verwandten Gelegenheit haben würde, sie zu tragen, aber sie wollten ihr nicht den Spaß verderben.

An den drei ersten Tagen konnte die Reisende ihre Kabine nicht verlassen, weil die Seekrankheit sie in der Koje festhielt, aber schließlich gewöhnte sie sich an das Schaukeln des Schiffes und stand auf. Sie rief das Mädchen, damit es ihr half, die Kleidung für die lange Überfahrt auszupacken.

Marías Leben war durch plötzliche Unfälle gekennzeichnet, wie diesen Zusammenstoß mit dem Zug, der ihr den Verstand nahm. Sie hängte die Kleider in den Schrank ihrer Kabine, als ihr kleiner Sohn sich über den offenen Koffer beugte. In diesem Augenblick schlingerte das Schiff, der schwere Deckel schlug zu, der Metallrahmen traf das Kind und brach ihm das Genick. Drei Matrosen waren nötig, um die Mutter von dem unseligen Koffer hochzuheben, sowie eine kräftige Dosis Laudanum, um zu verhindern, daß sie sich die Haare ausriß und das Gesicht blutig kratzte. Stundenlang schrie und weinte sie und verfiel dann in einen Dämmerzustand, in dem sie sich hin und her wälzte wie zu den Zeiten, da sie als Irre galt. Der Kapitän verkündete die Unglücksnachricht über Lautsprecher, las eine kurze Respons und befahl dann, den kleinen Leichnam in eine Fahne zu hüllen und über Bord ins Meer hinabzulassen, denn sie befanden sich auf hoher See, und das Schiff hatte keine Vorrichtung, worin sie ihn bis zum nächsten Hafen hätten aufbewahren können.

Einige Tage nach dem Unglück trat María mit unsicheren Schritten zum erstenmal wieder auf das Deck. Es war eine laue Nacht, und aus der Tiefe des Meeres stieg ein beunruhigender Geruch nach Algen, Muscheln und versunkenen Schiffen auf, der ihr durch die Adern schoß. Sie starrte auf den Horizont, ganz leer im Kopf, die Härchen am ganzen Körper gesträubt, als sie ein eindringliches Pfeifen hörte, und wie sie hinuntersah, entdeckte sie zwei Decks tiefer eine vom Mondlicht beschienene Gestalt, die ihr Zeichen machte. Sie stieg in Trance den Niedergang hinab, ging auf den dunkelhaarigen Mann zu, der sie gerufen hatte, ließ sich gehorsam die Trauerkleider ausziehen und folgte ihm hinter eine große Rolle Taue. Von einem Zusammenstoß ähnlich dem mit dem Zug durchgewalkt, lernte sie in weniger als drei Minuten den Unterschied zwischen einem alten, von der Furcht Gottes geplagten Ehemann und einem unersättlichen griechischen Matrosen kennen, der nach Wochen keuscher ozeanischer Enthaltsamkeit in hellen Flammen stand. Geblendet entdeckte die Frau ihre eigenen Möglichkeiten, wischte sich die Tränen ab und bat um mehr. Sie verbrachten einen Teil der Nacht damit, sich kennenzulernen, und trennten sich erst, als sie die Alarmsirene hörten, ein gräßliches Schiff-in-Not-Gebrüll, das die Fische in ihrer stillen Welt aufstörte. Ihr Mädchen hatte geglaubt, die untröstliche Mutter hätte sich ins Meer gestürzt, und hatte den Alarm ausgelöst, und die ganze Besatzung außer dem Griechen suchte nach ihr.

María traf sich jede Nacht mit ihrem Liebhaber

hinter der Taurolle, bis das Schiff sich den Küsten
der Karibik näherte und der starke, süße Duft
von Blumen und Früchten, den der Wind herbei-
trug, die Sinne verwirrte. Da gab sie dem Drängen
des Mannes nach, das Schiff zu verlassen, wo das
Gespenst des toten Kindes umging und wo es so
viele spähende Augen gab, steckte sich ihr Geld in
den Unterrock und verabschiedete sich von ihrer
Vergangenheit als ehrbare Frau. Im Morgengrauen fierten sie ein Boot herab und verschwan-
den und ließen Mädchen, Hunde, Kuh und den
mörderischen Koffer zurück. Der Grieche ru-
derte sie zu einem märchenhaften Hafen, der vor
ihren Augen in das Licht der Morgensonne auf-
stieg wie eine Erscheinung aus einer anderen
Welt, mit seinen Kränen und Docks, seinen Pal-
men und vielfarbigen Vögeln. Hier ließen sich
die beiden Flüchtlinge nieder, so lange ihr Geld
reichte.

Der Matrose stellte sich als Trinker und Kra-
keeler heraus. Er sprach einen für María und die
Bewohner des Landes unverständlichen Hafen-
kneipenslang, aber er wußte sich mit Lächeln und
Grimassen verständlich zu machen. Sie wurde
nur munter, wenn er erschien, um mit ihr die in

allen Bordellen zwischen Singapur und Valparaiso gelernten Liebespraktiken zu treiben, in der übrigen Zeit lebte sie dahin, von einer tödlichen Mattigkeit betäubt. Gebadet in den Schweiß der Tropen, erfand sie die Liebe ohne Gefährten, wagte sich auf staunenerregende Gebiete mit der Kühnheit eines Menschen, der die Gefahren nicht kennt. Der Grieche hatte nicht genug Einfühlungsvermögen, um zu ahnen, daß er eine Schleuse geöffnet hatte, daß er nur das Mittel zu einer Offenbarung gewesen war, und war unfähig, das Geschenk zu schätzen, das diese Frau ihm bot. Er hatte ein Geschöpf an seiner Seite, das im Bannkreis einer unverletzbaren Unschuld entschlossen war, seine eigenen Sinne mit der spielerischen Freude eines jungen Hundes zu erforschen, aber er konnte ihr dabei nicht folgen. Bislang hatte sie die Ungehemmtheit der Lust nicht gekannt, sie hatte sie sich nicht einmal vorgestellt, obwohl sie immer in ihrem Blut gesteckt hatte wie der Keim eines glühenden Fiebers. Als sie sie entdeckte, glaubte sie, dies wäre das himmlische Glück, das die Nonnen in der Klosterschule den braven Mädchen für das Jenseits versprochen hatten. Sie wußte wenig von dieser

Welt und war unfähig, sich auf einer Landkarte zurechtzufinden und zu sagen, an welcher Stelle der Erde sie sich befand, aber wenn sie die Hibiskussträucher und die Papageien ansah, glaubte sie, im Paradies zu sein, und war entschlossen, es zu genießen. Hier kannte niemand sie, zum erstenmal seit langem fühlte sie sich wohl, fern von zu Hause, von der Bevormundung durch die Eltern und die Geschwister, von den gesellschaftlichen Zwängen und den Schleiern zur Messe, endlich frei, um den Wildbach von Empfindungen auszukosten, der durch jede Faser bis in ihr tiefstes Inneres drang, wo er als Katarakt herabstürzte und sie erschöpft und glücklich zurückließ.

Marías gänzlicher Mangel an Schlechtigkeit, ihre Gefeitheit gegen Unrecht oder Demütigung erfüllten den Matrosen mehr und mehr mit furchtsamem Unbehagen. Die Pausen zwischen den Umarmungen wurden länger, seine Abwesenheiten häufiger, zwischen den beiden wuchs das Schweigen. Der Grieche suchte dieser Frau mit dem Kindergesicht zu entfliehen, die unaufhörlich nach ihm rief, feucht, schwellend, verzehrend, er war überzeugt, daß die Witwe, die er auf hoher See verführt hatte, sich in eine perverse Spinne verwandelt hatte, bereit, ihn im Aufruhr des Bettes zu verschlingen wie eine Fliege. Vergebens suchte er Linderung für seine zerknitterte Männlichkeit, indem er mit den Prostituierten herumzog, sich mit den Zuhältern prügelte, keiner Messerstecherei aus dem Wege ging und bei den Hahnenkämpfen verwettete, was er nach seinen Saufereien noch übrig hatte. Als er mit leeren Taschen dastand, klammerte er sich an diese Ausrede, um gänzlich zu verschwinden.

Wochenlang wartete María geduldig auf ihn. Aus dem Radio kam bisweilen die Nachricht, daß ein französischer Matrose, von einer britischen Bark desertiert, oder ein holländischer, von einem portugiesischen Schiff geflohen, in dem verrufenen Hafenviertel erstochen worden war, aber sie hörte dem zu, ohne sich zu beunruhigen, denn sie wartete ja auf einen griechischen Matrosen, der von einem italienischen Überseedampfer davongelaufen war. Als sie die Hitze in den Gliedern und die Sehnsucht in der Seele nicht mehr länger aushielt, ging sie auf die Straße, um den ersten Mann, der vorbeikam, um Trost anzugehen. Sie nahm ihn bei der Hand und bat ihn in der liebenswürdigsten, wohlerzogensten Form, er möge ihr den Gefallen tun, sich für sie auszuziehen. Der Unbekannte zögerte ein wenig angesichts dieser jungen Frau, die in nichts den professionellen Huren der Gegend glich, deren Antrag aber durchaus eindeutig war, trotz der unüblichen Redeweise. Er überlegte, daß er für sie gut zehn Minuten seiner Zeit erübrigen konnte, und folgte ihr, ohne zu ahnen, daß er sich in den Strudel einer aufrichtigen Leidenschaft gestürzt sehen würde. Staunend und bewegt ging er, um es überall herumzuerzählen, und hinterließ für María einen Geldschein auf dem Tisch. Bald kamen andere, angezogen von dem Gerede, da gebe es eine Frau, die fähig sei, für ein kleines Weilchen die Illusion der Liebe zu verkaufen. Alle Kunden verließen sie befriedigt. So wurde María die berühmteste Prostituierte der Hafenstadt, und die Matrosen ließen sich ihren Namen auf den Arm tätowieren, um ihn auch auf anderen Meeren bekannt zu machen, bis ihr Ruf die Erde umrundet hatte.

Die Zeit, die Armut und die Anstrengung, über die Enttäuschung hinwegzukommen, zerstörten Marías jugendliche Frische. Ihre Haut wurde grau, sie magerte ab bis auf die Knochen, der größeren Bequemlichkeit wegen schnitt sie sich die Haare kurz wie ein Sträfling, aber sie bewahrte ihre anmutigen Manieren und die immer gleiche Begeisterung für jede Begegnung mit einem Mann, weil sie in ihm keine anonyme Person sah, sondern ihren eigenen Abglanz in den Armen ihres erdachten Geliebten fand. Der Wirklichkeit gegenübergestellt, war sie außerstande, die schäbige Hast des jeweiligen Bettgefährten zu erkennen, denn sie gab sich jedesmal mit derselben unwiderruflichen Liebe hin und kam wie eine wagemutige Braut jedem Wunsch des andern entgegen. Mit dem Alter geriet ihr Gedächtnis durcheinander, manchmal gab es keinen Zusammenhang zwischen den Dingen, von denen sie sprach, und in der Zeit, als sie in die Hauptstadt übersiedelte und sich in der Calle República einmietete, erinnerte sie sich nicht mehr daran, daß sie einst die Muse gewesen war, die Seeleute aller Rassen zu unbeholfenen Gedichten angeregt hatte, und war überrascht, wenn einer von der Küste in die Hauptstadt gefahren kam, nur um sich zu vergewissern, daß es die Frau noch gab, von der er in einem asiatischen Hafen hatte erzählen hören. Wenn sie dann vor dieser kläglichen Heuschrecke standen, vor diesem rührenden Häufchen Haut und Knochen, diesem winzigen weiblichen Nichts, drehten sich viele auf der Stelle um und verzogen sich verlegen, aber manche blieben auch aus Mitleid da. Die erhielten dann eine unerwartete Belohnung. María zog ihre Wachstuchvorhänge zu, und augenblicklich veränderte sich die Atmosphäre des Zimmers. Später ging der Mann wie verzaubert davon und nahm das Bild eines wundervollen Mädchens mit sich und nicht das der bedauernswerten Alten, die er zu Anfang gesehen zu haben glaubte.

Für María verwischte sich die Vergangenheit, ihre einzige Erinnerung war die Angst vor Zügen und Koffern, und wenn ihre Berufskolleginnen nicht so neugierig und hartnäckig gewesen wären, würde niemand ihre Geschichte erfahren haben. Sie lebte in der Erwartung des Augenblicks, da der Vorhang ihres Zimmers beiseite geschoben würde, um den griechischen Matrosen hindurchzulassen oder eine andere ihrer Einbildungskraft entsprungene Traumgestalt, einen Mann, der sie in den festen Zauberkreis seiner Arme schließen würde, um ihr das Entzücken zurückzugeben, das sie auf hoher See in dem Versteck eines Schiffes geteilt hatten, und in jedem, der bei ihr lag, suchte sie immer dieselbe alte Illusion, erleuchtet von einer erfundenen Liebe, und täuschte die Schatten mit flüchtigen Umarmungen, mit Funken, die sich verzehrten, ehe sie brennen konnten, und als sie es überdrüssig war, weiter vergeblich zu warten, und spürte, wie ihre Seele sich mit Schuppen bedeckte, entschied sie, daß es besser sei, diese Welt zu verlassen. Und so, mit derselben Anmut und Rücksichtnahme, die alle ihre Handlungen ausgezeichnet hatten, griff sie zu dem Schokoladebecher.

Klein-Heidelberg

So viele Jahre hatten der Kapitän und Señorita Eloísa miteinander getanzt, daß sie die Vollkommenheit erreicht hatten. Jeder fühlte die Bewegung des andern voraus, erriet die genaue Sekunde der nächsten Drehung, wußte den leichtesten Druck der Hand oder die Abweichung eines Fußes zu deuten. Sie waren in vierzig Jahren nicht einmal aus dem Tritt gekommen, sie bewegten sich mit der Präzision eines Paares, das daran gewöhnt ist, sich zu lieben und in enger Umarmung zu schlafen, deshalb konnte man sich so schwer vorstellen, daß sie nie ein Wort gewechselt hatten.

Klein-Heidelberg ist ein Tanzlokal in einiger Entfernung von der Hauptstadt, es liegt auf einem von Bananenpflanzungen umgebenen Hügel, wo die Luft nicht so schwül ist, und außer der bemerkenswerten Musik wird dort ein aphrodisisches Gericht mit Gewürzen aller Art geboten, das zwar zu gehaltreich für das heiße Klima ist, aber voll den Traditionen entspricht, die den Besitzer, Don Rupert, inspirierten. Vor der Ölkrise, als man noch in der Illusion des Überflusses lebte und Früchte aus anderen Breiten eingeführt wurden, war der Apfelstrudel die Spezialität des Hauses, aber seit vom Erdöl nur ein Haufen unverschrottbaren Abfalls und die Erinnerung an bessere Zeiten übriggeblieben sind, wird der Strudel mit Guaven oder Mangos gebacken. Die Tische stehen in einem weiten Kreis, der genug freien Raum für den Tanz läßt, sie sind mit grünweiß-karierten Tischtüchern bedeckt, und die Wände zeigen bukolische Szenen aus dem Landleben in den Alpen: Hirtinnen mit gelben Zöpfen, stramme Burschen und blitzsaubere Kühe. Die Musiker – in kurzen Lederhosen, wollenen Kniestrümpfen, Tiroler Hosenträgern und Jägerhütchen, die durch den Schweiß alle Pracht verloren haben und von fern aussehen wie grüne Perücken – sitzen auf einer Plattform, die von einem ausgestopften Adler gekrönt wird, dem von Zeit zu Zeit, wie Don Rupert behauptet, neue Federn nachwachsen. Einer spielt Akkordeon, der zweite Saxophon, und der dritte ackert mit Händen und Füßen, um alle Teile des Schlagzeugs zu bedienen. Der mit dem Akkordeon ist ein Meister seines Instruments und singt auch mit einer warmen Tenorstimme und leichtem andalusischem Akzent. Trotz seiner fabelhaften Tracht als Tiroler Schankwirt ist er der Liebling der weiblichen Stammgäste, und manch eine hätschelt die geheime Vorstellung, mit ihm in ein tödliches Abenteuer verstrickt zu werden, zum Beispiel ein Erdbeben oder ein Bombardement, in dem sie, von diesen mächtigen Armen umfangen, die dem Akkordeon so herzzerreißende Klagen zu entreißen verstehen, freudig den letzten Atem aushauchen würde. Die Tatsache, daß das Durchschnittsalter der Damen um die siebzig liegt, hindert nicht die Sinnlichkeit, die der Sänger erregt, eher fügt sie ihr den süßen Hauch des Todes hinzu. Die Kapelle beginnt ihre Arbeit nach Sonnenuntergang und beendet sie um Mitternacht, außer an Sonnabenden und Sonntagen, wenn das Lokal sich mit Touristen füllt und die Musikanten weitermachen müssen, bis der letzte Gast sich im Morgengrauen verabschiedet. Sie spielen nur Polkas, Mazurkas, Walzer und Volkstänze aus Europa, als stünde das Klein-Heidelberg statt in der Karibik an den Ufern der Donau.

In der Küche regiert Doña Burgel, Don Ruperts Frau, eine wohlbeleibte Matrone, die nur wenige Gäste kennen, weil sich ihr Dasein zwischen Kochtöpfen und Gemüsebergen abspielt und darauf gerichtet ist, fremdländische Speisen mit inländischen Bestandteilen zuzubereiten. Sie hat den Strudel mit tropischen Früchten erfunden und jenes aphrodisische Gericht, das auch dem zerknitterten Greis die Manneskraft wiederzugeben vermag. Die Tische werden von den Töchtern des Wirtspaares bedient, zwei handfesten Frauen, und von einigen Mädchen aus dem Ort, alle mit runden, roten Wangen. Die übliche Kundschaft besteht aus europäischen Emigranten, die auf der Flucht vor einem Krieg oder vor der Armut ins Land gekommen sind, Kaufleuten, Landwirten, Handwerkern, liebenswürdigen, einfachen Menschen, die das vielleicht nicht immer waren, aber der Lauf des Lebens hat sie einander angeglichen in der wohlwollenden Höflichkeit vernünftiger alter Leute. Die Männer kommen in Fliege und Jackett, aber wenn die Hüpfer bei der Polka und die genossenen Biermengen ihnen das Gemüt erwärmt haben, legen sie ab, was überflüssig ist, und sitzen in Hemdsärmeln da. Die Frauen tragen fröhliche Farben in einer veralteten Mode, als

hätten sie ihre Kleider aus dem Brautkoffer er-
löst, den sie bei der Einwanderung mitbrachten.
Von Zeit zu Zeit taucht eine Gruppe streitlustiger
Jugendlicher auf, deren Eintritt der dröhnende
Krach der Motorräder und das Klappern und
Klirren von Stiefelabsätzen, Schlüsseln und Ketten vorausgehen und die nur mit dem einen Ziel
herkommen, sich über die Alten lustig zu machen, aber es bleibt beim Geplänkel, denn der
Schlagzeuger und der Saxophonist sind immer
bereit, die Ärmel aufzukrempeln und Ordnung
zu schaffen.

Sonnabends gegen neun Uhr, wenn alle schon
ihre Portion aphrodisisches Gericht genossen haben und sich den Freuden des Tanzes hingeben,
erscheint die Mexikanerin und setzt sich allein an
einen Tisch. Sie ist eine aufreizende Fünfzigerin
mit dem Körper einer Galeone – gewölbter Bug,
breites Heck, Gesicht einer Galionsfigur-, die ein
reifes, aber noch üppiges Dekolleté zur Schau
stellt und eine Blume hinter dem Ohr trägt. Sie ist
nicht die einzige, die als Flamencotänzerin gekleidet ist, aber bei ihr sieht es wesentlich natürlicher
aus als bei den anderen Damen, denen mit wei-
ßem Haar und trauriger Figur, die nicht einmal

ein anständiges Spanisch sprechen. Wenn die Mexikanerin Polka tanzt, ist sie ein Schiff, das in stürmischen Wellen treibt, aber zum Walzertakt scheint sie in sanften Gewässern dahinzugleiten. So hatte der Kapitän sie manchmal im Traum gesehen und war mit der fast vergessenen Unruhe seiner Jugend aufgewacht. Es wird erzählt, der Kapitän sei bei einer nordeuropäischen Flotte gefahren, deren Namen keiner buchstabieren kann. Er war einmal Experte in alten Schiffstypen und Seewegen, aber diese Kenntnisse ruhten begraben in der Tiefe seines Gedächtnisses ohne die geringste Möglichkeit, in der heißen Landschaft dieser Region zu etwas nütze zu sein, wo das Meer ein friedliches Aquarium kristallklaren grünen Wassers ist und gar nicht geeignet für die Fahrten der verwegenen Nordmeerschiffe. Er war ein hochgewachsener, hagerer Mann, ein Baum ohne Blätter, mit straffem Rücken und noch festen Halsmuskeln, er trug seine Uniformjacke mit den goldenen Knöpfen und war in die tragische Aura der Seeleute außer Dienst gehüllt. Nie hörte man von ihm ein Wort in Spanisch oder irgendeinem anderen bekannten Idiom. Vor dreißig Jahren hatte Don Rupert gesagt, der Kapitän sei sicherlich Finne, wegen seiner eisfarbenen Augen und der unbeirrbaren Redlichkeit in seinem Blick, und da ihm niemand widersprechen konnte, nahmen sie es schließlich als gegeben hin. Im übrigen hat die Sprache im Klein-Heidelberg wenig Bedeutung, denn niemand geht dorthin, um Konversation zu machen.

Einige Verhaltensregeln sind ein wenig abgeändert worden, zum Nutzen und zur Bequemlichkeit aller. Jeder kann allein auf die Tanzfläche oder jemanden von einem anderen Tisch auffordern, und auch die Frauen sind unternehmungslustig genug, von sich aus auf die Männer zuzugehen. Das ist eine gerechte Lösung für die Witwen ohne Begleitung. Niemand holt die Mexikanerin zum Tanz, denn natürlich würde sie das als Beleidigung betrachten, und die Herren müssen zitternd vor Spannung warten, für wen sie sich entscheidet. Sie legt ihre Zigarre in den Aschenbecher, entflicht die gewaltigen Säulen ihrer übereinandergeschlagenen Beine, richtet ihr Mieder, geht auf den Auserwählten zu und pflanzt sich ohne einen Blick vor ihm auf. Sie wechselt den Partner bei jedem Tanz, aber früher behielt sie sich immer mindestens vier Tänze für den Kapitän vor. Er faßte sie mit seiner festen Steuermannshand um die Taille und führte sie über die Tanzfläche, ohne zu erlauben, daß sein Alter ihm die Luft benahm.

Die älteste Stammkundin des Tanzlokals, die in einem halben Jahrhundert nicht einen Sonnabend im Klein-Heidelberg versäumte, war Señorita Eloísa, eine winzig kleine Dame, sanft und zart, mit einer Haut wie Reispapier und einer durchscheinenden Haarkrone. Sie hatte sich so lange den Lebensunterhalt damit verdient, in ihrer Küche Bonbons zu kochen, daß das Schokoladenaroma sie ganz durchtränkt hatte und sie immer nach Geburtstag roch. Trotz ihres Alters hatte sie sich noch einige Bewegungen ihrer ersten Jugend bewahrt und konnte sich die ganze Nacht auf der Tanzfläche drehen, ohne daß die Löckchen sich aus ihrem Knoten lösten oder ihr Herz aus dem Takt kam. Sie stammte aus einem Dorf im Süden Rußlands und war zu Anfang des Jahrhunderts mit ihrer Mutter, die damals eine strahlende Schönheit war, ins Land gekommen. Sie lebten zusammen und kochten Schokoladenbonbons, der Unbill des Klimas, des Jahrhunderts und der Einsamkeit ahnungslos ausgesetzt, ohne Mann, ohne Familie, ohne große Erlebnisse und ohne andere Vergnügungen als das Klein-Heidelberg an jedem Wochenende. Seit ihre Mutter gestorben war, kam Señorita Eloísa allein. Don Rupert empfing sie mit großer Ehrerbietung an der Tür und geleitete sie an ihren Tisch, während die Kapelle sie mit den ersten Takten ihres Lieblingswalzers willkommen hieß. An einigen Tischen wurden Biergläser zu ihrer Begrüßung erhoben, denn sie war der älteste und zweifellos der beliebteste Gast. Sie war schüchtern und wagte nie, einen Mann zum Tanz aufzufordern, aber in all den Jahren hatte sie das auch nie zu tun brauchen, denn es wurde von jedem als besonderer Vorzug angesehen, sie bei der Hand zu nehmen, sie zart um die Taille zu fassen, um kein Knöchelchen zu zerbrechen, und sie auf die Tanzfläche zu führen. Sie war eine anmutige Tänzerin und hatte diesen süßen Duft an sich, der imstande war, jedem, der ihn in die Nase bekam, die schönsten Erinnerungen aus seiner Kindheit zu bescheren.

Der Kapitän setzte sich allein immer an denselben Tisch, trank mäßig und zeigte niemals die geringste Begeisterung für Doña Burgels aphrodisisches Gericht. Er klopfte mit dem Fuß den Takt, und wenn Señorita Eloísa frei war, forderte

er sie auf, indem er vor ihr leicht die Hacken zu-
sammenschlug und den Kopf neigte. Sie sprachen
nie miteinander, blickten sich nur lächelnd an bei
den Galopps und Figuren eines alten Tanzes.

An einem Sonnabend im Dezember, der weniger feucht war als üblich, kamen ein paar Touristen ins Klein-Heidelberg. Diesmal waren es
nicht die disziplinierten Japaner, die in letzter
Zeit öfter dagewesen waren, sondern hochge-
wachsene Skandinavier, hellhaarig und sonnen-
gebräunt, die sich an einen Tisch setzten und
fasziniert den Tanzenden zusahen. Sie waren
fröhlich und lärmig, stießen ihre Biergläser an-
einander, lachten viel und unterhielten sich laut-
stark. Die Reden der Fremden drangen bis zum
Kapitän, der wie immer an seinem Tisch saß, und
aus weiter Ferne, aus einer anderen Zeit und einem anderen Land erreichte ihn der Klang seiner
eigenen Sprache, voll und frisch wie gerade erfunden, Worte, die er seit Jahrzehnten nicht mehr
gehört hatte, die sich aber unversehrt in seinem
Gedächtnis gehalten hatten. Ein neuer Ausdruck
machte sein strenges altes Seefahrergesicht sanft,
er schwankte einige Minuten zwischen der strik-
ten Zurückhaltung, in der er sich wohl fühlte,

und dem fast vergessenen Vergnügen, ein Gespräch zu führen. Endlich stand er auf und ging zum Tisch der Unbekannten. Don Rupert hinter der Bar beobachtete den Kapitän, der, leicht vorgebeugt, die Hände auf dem Rücken, mit den Neuankömmlingen redete. Plötzlich wurde auch den Gästen, den Serviererinnen und den Musikern klar, daß dieser Mann zum erstenmal sprach, seit sie ihn kannten. Er hatte eine Greisenstimme, heiser und stockend, aber er legte große Entschiedenheit in jeden Satz. Als er alles, was seine Brust bewegte, dargelegt hatte, herrschte eine solche Stille im Lokal, daß Doña Burgel aus der Küche kam, um sich zu erkundigen, ob jemand gestorben sei. Endlich, nach einer langen Pause, schüttelte einer der Touristen die Verblüffung ab und rief Don Rupert heran, um ihn in holprigem Englisch zu bitten, er möchte doch helfen, die Rede des Kapitäns zu übersetzen. Die Skandinavier folgten dem alten Seemann zu dem Tisch, an dem Señorita Eloísa saß, und Don Rupert ging mit, nahm aber unterwegs die Schürze ab, weil er ahnte, daß ein feierlicher Akt bevorstand. Der Kapitän sagte einige Worte in seiner Sprache, einer der Ausländer übersetzte es ins Englische, und Don Rupert, mit roten Ohren und zitterndem Schnauzbart, wiederholte es in seinem nicht ganz einwandfreien Spanisch.

»Señorita Eloísa, der Kapitän fragt, ob Sie ihn heiraten wollen.«

Die zerbrechliche alte Dame saß da, die Augen rund vor Überraschung und den Mund hinter ihrem Batisttaschentuch verborgen, und alle hielten gespannt den Atem an, bis sie ihrer Stimme wieder mächtig war.

»Meinen Sie nicht, daß das ein wenig überstürzt ist?« fragte sie leise. Ihre Worte wanderten über den Wirt und die Touristen zum Kapitän, und die Antwort nahm denselben Weg in umgekehrter Richtung.

»Der Kapitän meint, er hat vierzig Jahre gewartet, um es Ihnen zu sagen, und er kann nicht noch weiter warten, bis wieder jemand kommt, der seine Sprache spricht. Er sagt, Sie möchten ihm bitte jetzt antworten.«

»Nun ja, ich will«, flüsterte Señorita Eloísa, und niemand brauchte die Antwort zu übersetzen, weil alle sie verstanden hatten.

Don Rupert hob begeistert beide Arme und verkündete die Verlobung, der Kapitän küßte seine Braut auf die Wangen, die Touristen drückten ringsum allen die Hände, die Musiker mißhandelten ihre Instrumente zu einem dröhnenden Triumphmarsch, und die Gäste bildeten einen Kreis um das Paar. Die Frauen wischten sich die Tränen ab, die Männer stießen bewegt mit allen an, Don Rupert setzte sich hinter die Bar und verbarg den Kopf zwischen den Armen, von Rührung übermannt, während Doña Burgel und ihre Töchter mehrere Flaschen vom besten Rum öffneten. Dann stimmten die Musiker den Walzer von der schönen blauen Donau an, und alle verließen die Tanzfläche.

Der Kapitän nahm die Hand dieser sanften Frau, die er so lange ohne Worte geliebt hatte, und führte sie in die Mitte des Saales, und dort tanzten sie mit der Anmut zweier Reiher in ihrem Hochzeitstanz. Der Kapitän hielt sie mit derselben liebenden Sorgfalt, mit der er in seiner Jugend den Wind in den Segeln eines Schiffes eingefangen hatte, und führte sie über die Tanzfläche, als wiegten sie sich im ruhigen Wellengang einer Bucht, während er ihr mit seiner nach Wäldern und Schneestürmen klingenden Stimme alles sagte, was sein Herz bis zu diesem Augenblick verschwiegen hatte. Sie tanzten und tanzten, und der Kapitän fühlte, wie ihr Alter von ihnen wich, und bei jedem Schritt wurden sie heiterer und beschwingter. Eine Drehung nach der anderen, und die Akkorde der Musik wurden schwungvoller, die Füße schneller, ihre Taille schmaler, ihre kleine Hand in der seinen leichter, ihre Gegenwart immer unkörperlicher. Dann sah er, daß Señorita Eloísa zu Schleier, zu Schaum, zu Dunst wurde, bis sie nicht mehr wahrnehmbar war und endlich ganz verschwand, und er drehte und drehte sich mit leeren Armen, und sein einziger Partner war ein zarter Duft nach Schokolade.

Der Tenor machte den anderen Musikern Zeichen, sie sollten denselben Walzer für immer und ewig weiterspielen, denn er hatte erkannt, daß beim letzten Ton der Kapitän aus seinem Wahn erwachen und die Erinnerung an Señorita Eloísa sich endgültig verflüchtigen würde. Ergriffen blieben die alten Stammgäste des Klein-Heidelberg regungslos auf ihren Stühlen sitzen, bis endlich die Mexikanerin, deren Hochmut sich in barmherzige Zärtlichkeit verwandelt hatte, aufstand und behutsam auf die zitternden Hände des Kapitäns zuging, um mit ihm zu tanzen.

Die Frau des Richters

Nicolás Vidal wußte immer, daß er sein Leben durch eine Frau verlieren würde. Das wurde ihm am Tag seiner Geburt vorausgesagt, und es wurde ihm bestätigt durch die Krämerin bei der einzigen Gelegenheit, da er ihr erlaubte, ihm sein Schicksal aus dem Kaffeesatz zu deuten, aber er hätte sich nie vorgestellt, daß dieses Schicksal ihn ausgerechnet durch Casilda ereilen würde, die Frau des Richters Hidalgo. Er sah sie zum erstenmal an dem Tag, an dem sie ins Dorf kam, um zu heiraten. Er fand sie nicht anziehend, er zog die dreisten, braunen Weiber vor, und dieses durchsichtige junge Ding in seiner Reisekleidung, mit dem scheuen Blick und den zarten Fingern, die nicht taugten, einem Mann Vergnügen zu bereiten, kam ihm so gehaltlos vor wie eine Handvoll Asche. Da er sein Los kannte, hütete er sich vor den Frauen und floh sein Leben lang vor jeder Gefühlsbindung, machte sein Herz unempfindlich für die Liebe und beschränkte sich auf flüchtige Begegnungen, um die Einsamkeit zu überlisten. So unbedeutend und fern erschien ihm Casilda, daß er nicht auf den Gedanken kam, sich vor ihr hüten zu müssen, und als der Augenblick da war, vergaß er die Prophezeiung, die sonst in seinen Entschlüssen immer gegenwärtig gewesen war. Vom Dach des Hauses aus, wo er sich mit zweien seiner Männer versteckt hielt, beobachtete er, wie die Señorita aus der Hauptstadt am Tag ihrer Hochzeit aus dem Wagen stieg. Sie wurde von einem halben Dutzend ihrer Angehörigen begleitet, alle so bleich und fein wie sie, die, sich unaufhörlich fächelnd, mit dem Ausdruck offener Bestürzung der Trauung beiwohnten und dann abreisten, ohne je wiederzukommen.

Wie alle Einwohner des Ortes dachte auch Vidal, daß die Braut das Klima nicht ertragen würde und daß die Totenfrauen sie bald für ihr Begräbnis einkleiden müßten. In dem unwahrscheinlichen Fall, daß sie der Hitze standhielte und dem Staub, der durch die Haut eindrang und sich in der Seele festsetzte, würde sie zweifellos der ständig schlechten Laune und den Junggesellenmarotten ihres Ehemannes erliegen. Der Richter Hidalgo war doppelt so alt wie sie und hatte so viele Jahre allein geschlafen, daß er ja gar nicht wissen konnte, wie er es anfangen sollte, einer Frau Freude zu bereiten. In der ganzen Provinz waren seine Strenge und der Starrsinn gefürchtet, mit denen er das Gesetz handhabe, selbst auf Kosten der Gerechtigkeit. Wenn er richtete, kannte er keine freundlichen Regungen und strafte den Diebstahl eines Huhns mit gleicher Härte wie einen Mord. Er trug immer Schwarz, damit allen die Würde seines Amtes stets bewußt war, und trotz der unbesiegbaren Staubmassen dieses hoffnungslosen Ortes waren seine Stiefel immer mit Bienenwachs gewichst. Ein solcher Mann ist nicht für die Ehe gemacht, sagten die Klatschbasen.

Doch die düsteren Voraussagen bei der Hochzeit erfüllten sich nicht, im Gegenteil, Casilda überlebte drei kurz aufeinanderfolgende Geburten und schien glücklich zu sein. Sonntags ging sie mit ihrem Mann zur Zwölfuhrmesse, beharrlich in ihre spanische Mantilla gehüllt, unberührt von dem gnadenlosen ewigen Sommer, farblos und schweigend wie ein Schatten. Niemand hörte je mehr von ihr als einen leisen Gruß, niemand sah eine kühnere Geste als ein leichtes Neigen des Kopfes oder ein flüchtiges Lächeln, sie wirkte so wenig stofflich, als könnte sie sich in einem unachtsamen Augenblick in nichts auflösen. Sie schien einfach nicht vorhanden zu sein, und deshalb staunten alle, als ihnen aufging, wie groß ihr Einfluß auf den Richter war, der sich aufs bemerkenswerteste verändert hatte.

Obwohl Hidalgo äußerlich derselbe geblieben war, finster und schroff, machten seine Urteilssprüche vor Gericht eine erstaunliche Wandlung durch. Starr vor Verblüffung erlebte das Publikum, daß er einen Jungen freiließ, der seinen Arbeitgeber bestohlen hatte, und er begründete den Freispruch damit, der Chef habe den Angeklagten drei Jahre unterbezahlt, der Diebstahl sei also nur eine Form des Ausgleichs. Er weigerte sich auch, eine Ehebrecherin zu bestrafen, und folgerte, der Ehemann habe keine moralische Befugnis, Ehrbarkeit zu verlangen, wenn er selbst eine Geliebte aushalte. Die Klatschzungen im Ort behaupteten, der Richter Hidalgo kehre sich um, wie man einen Handschuh umdrehe, wenn er über die Schwelle seines Hauses trete, er lege die feierliche Robe ab, spiele und lache mit seinen Kindern und lasse Casilda auf seinen Knien sitzen, aber dieses Gerede wurde nie bestätigt. Auf jeden Fall sahen alle in seiner Frau die Triebfeder für jene wohlwollenden Handlungen, und ihr Ansehen stieg, aber das kümmerte Nicolás Vidal nicht im geringsten, denn er stand außerhalb des Gesetzes und konnte sicher sein, daß es für ihn keine Gnade geben würde, wenn sie ihn jemals in Handschellen vor den Richter bringen sollten. Er hörte nicht auf die Reden über Doña Casilda, und wenn er sie, selten genug, von fern sah, bestätigte sich ihm seine erste Meinung, daß sie nur ein verschwommenes Geisterbild sei.

Vidal war vor dreißig Jahren in einem Zimmer ohne Fenster im einzigen Bordell des Ortes geboren, seine Mutter war Juana La Triste, der Vater unbekannt. Für ihn gab es keinen Platz auf dieser Welt, und weil seine Mutter sich darüber im klaren war, versuchte sie, ihn sich mit Kräutern, Kerzenstümpfen, Seifenlaugenbädern und anderen rohen Mitteln aus dem Leib zu reißen, aber das Wurm versteifte sich darauf, am Leben zu bleiben. Wenn Juana La Triste diesen Sohn in späteren Jahren sah, wußte sie, daß die drastischen Abtreibungsmethoden, statt ihn zu töten, seinen Körper und seine Seele gehärtet hatten, bis sie wie Stahl waren. Als er geboren war, nahm die Hebamme ihn hoch, um ihn im Licht der Petroleumlampe zu betrachten, und stellte erschrocken fest, daß er vier Brustwarzen hatte. »Armer Kleiner, er wird das Leben durch eine Frau verlieren«, prophezeite sie, denn sie hatte Erfahrung in solchen Dingen.

Diese Worte lasteten wie eine Mißbildung auf dem Jungen. Vielleicht wäre sein Leben durch die Liebe einer Frau weniger unglücklich gewesen. Um ihn für die vielen Tötungsversuche vor seiner Geburt zu entschädigen, suchte seine Mutter einen besonders edlen Vornamen für ihn aus, den soliden Nachnamen hatte sie aufs Geratewohl gewählt; aber dieser fürstliche Name genügte nicht, um die verhängnisvollen Zeichen zu bannen, und schon der Zehnjährige trug aus zahllosen Prügeleien eine Messernarbe im Gesicht, und wenig später lebte er bereits wie ein Flüchtling. Mit zwanzig war er der Anführer einer Bande von Desperados. Das rauhe Leben festigte die Kraft seiner Muskeln, die Straße machte ihn erbarmungslos, und die Einsamkeit, zu der er verdammt war aus Angst, sich an die Liebe zu verlieren, bestimmte den Ausdruck seiner Augen. Jeder Einwohner des Ortes hätte bei seinem Anblick gewußt, daß er der Sohn von Juana La Triste war, denn wie bei ihr saßen auch in seinen Augen die Tränen, ohne zu fließen. Jedesmal, wenn in der Gegend ein Verbrechen begangen worden war, rückten die Polizisten mit Hunden an, um Nicolás Vidal zu fangen und die Empörung der Bürger zu besänftigen, aber nach ein paar Streifzügen durch die Berge kehrten sie mit leeren Händen zurück. Im Grunde wünschten sie sich gar nicht, ihn zu finden, denn gegen ihn kämpfen konnten sie ohnehin nicht. Die Bande festigte ihren bösen Ruf dermaßen, daß die Dörfer und Haciendas ihnen einen Tribut zahlten, um sie fernzuhalten. Mit diesen unfreiwilligen Spenden hätten die Männer Ruhe geben können, aber Nicolás Vidal zwang sie, immer im Sattel zu bleiben, im ständigen Sturm von Tod und Zerstörung, damit sie nicht die Lust am Kampf verloren und ihren schändlichen Ruhm einbüßten. Niemand wagte, ihnen entgegenzutreten. Richter Hidalgo hatte den Gouverneur ein paarmal gebeten, Truppen zu schicken, um seine Polizei zu verstärken, aber nach einigen nutzlosen Ausflügen kehrten die Soldaten in ihre Kasernen zurück und die Banditen zu ihren Raubzügen.

Ein einziges Mal hätte Nicolás Vidal in die Fänge der Justiz geraten können, aber ihn rettete seine Unfähigkeit, sich durch Gemütsbewegungen erschüttern zu lassen. Richter Hidalgo, der es müde war, ständig die Gesetze verletzt zu sehen, beschloß, alle Skrupel beiseite zu schieben und dem Räuber eine Falle zu stellen. Er war sich darüber im klaren, daß er zur Verteidigung der Gerechtigkeit eine grausame Handlung begehen würde, aber er wählte aus zwei Übeln das kleinere. Ihm bot sich als einziger Köder nur Juana La Triste, denn andere Verwandte hatte Vidal nicht, und von Liebschaften war auch nichts bekannt. Der Richter ließ die Frau aus dem Bordell holen, wo sie Fußböden scheuerte und Aborte reinigte, aus Mangel an Freiern, die bereit gewesen wären, für ihre jämmerlichen Dienste zu bezahlen, ließ sie in einen eigens für sie angefertigten Käfig sperren und diesen mitten auf dem Platz aufstellen, nur mit einem Krug Wasser als Trost.

»Wenn das Wasser alle ist, wird sie anfangen zu schreien. Dann wird ihr Sohn auftauchen, und ich werde ihn mit den Soldaten erwarten«, sagte der Richter.

Das Gerede über diese Strafe, die seit den Zeiten der entsprungenen Sklaven nicht mehr üblich war, gelangte zu Nicolás Vidal, kurz bevor seine Mutter den letzten Tropfen aus dem Krug geschlürft hatte. Seine Männer sahen ihn die Kunde schweigend entgegennehmen, seine gleichmütige Einzelgängermaske veränderte sich ebensowenig wie der ruhige Rhythmus, mit dem er sein Messer an einem Lederriemen schärfte. Seit vielen Jahren schon hatte er keine Verbindung mehr mit Juana La Triste, zudem bewahrte er keine einzige erfreuliche Erinnerung an seine Kindheit, aber dies war keine Frage des Gefühls, sondern eine Angelegenheit der Ehre. Kein Mann kann eine solche Beleidigung schlucken, dachten die Banditen, während sie Waffen und Reitzeug bereitmachten, um sich in den Hinterhalt zu stürzen und darin, wenn nötig, umzukommen. Aber der Chef zeigte keine Eile.

Die Stunden vergingen, und die Spannung in der Bande stieg mehr und mehr. Sie sahen einander an, Schweißtropfen auf der Stirn, und wagten keine Bemerkung zu machen, sie warteten ungeduldig, die Hand am Griff des Revolvers, auf der Kruppe des Pferdes, in der Schlaufe des Lassos.

Die Nacht kam, und der einzige, der schlief im Lager, war Nicolás Vidal. Im Morgengrauen waren die Meinungen der Männer geteilt, die einen glaubten, ihr Anführer sei noch viel herzloser, als sie sich vorgestellt hatten, die anderen, er plane eine besonders aufsehenerregende Aktion, um seine Mutter herauszuholen. Nur eines dachte keiner von ihnen – daß es ihm an Mut fehlte, denn er hatte bewiesen, daß er davon im Übermaß besaß. Am Mittag konnten sie die Ungewißheit nicht länger ertragen und fragten ihn, was er tun werde.

»Nichts«, sagte er.

»Und deine Mutter?«

»Wir werden schon sehen, wer mehr Mumm hat, der Richter oder ich«, antwortete er ungerührt.

Am dritten Tag schrie Juana La Triste nicht mehr um Mitleid oder flehte um Wasser, ihr war die Zunge ausgetrocknet, und die Worte erstarben in der Kehle, sie lag zusammengekrümmt auf dem Boden des Käfigs, mit verdrehten Augen und geschwollenen Lippen, winselte in den lichten Augenblicken wie ein Tier und träumte in der übrigen Zeit von der Hölle. Vier bewaffnete

Polizisten bewachten die Gefangene, damit die Nachbarn ihr nichts zu trinken brachten. Ihre Klagen hielten den ganzen Ort in Bann, sie drangen durch die geschlossenen Fensterläden, der Wind trug sie durch die Türen ins Haus, sie blieben in den Stubenecken hängen, die Hunde fingen sie auf und gaben sie heulend wieder, sie steckten die Neugeborenen an und rissen an den Nerven derer, die sie hörten. Der Richter konnte nicht verhindern, daß die Leute voller Mitleid mit der Alten über den Platz zogen, er konnte auch den Solidaritätsstreik der Prostituierten nicht aufhalten, der mit dem Zahltag der Mineros zusammenfiel. Am Sonnabend waren die Straßen von rauhen Minenarbeitern überschwemmt, die darauf versessen waren, ihren Lohn durchzubringen, bevor sie in die Gruben zurückkehrten, aber der Ort bot keinerlei Zerstreuung, nur den Käfig und das mitleidige Gemurmel, das von Mund zu Mund ging. Der Priester führte eine Gruppe von Leuten aus seiner Gemeinde zum Richter Hidalgo, die ihn an die christliche Barmherzigkeit erinnerten und ihn dringlich baten, die arme unschuldige Frau vor dem Märtyrertod zu bewahren, aber der Richter schob den Riegel vor die Tür seines Amtszimmers und weigerte sich, sie noch länger anzuhören, er setzte fest darauf, daß Vidal in die Falle laufen werde, wenn Juana La Triste nur noch einen Tag durchhielte. Da beschlossen die Notabeln des Ortes, sich an Doña Casilda um Hilfe zu wenden.

Die Frau des Richters empfing sie in dem schattigen Salon ihres Hauses und hörte ihre Reden schweigend und mit niedergeschlagenen Augen an, wie es ihre Art war. Seit drei Tagen war ihr Mann nicht heimgekommen, hatte sich in seinem Amt eingeriegelt, wartete mit einer unsinnigen Entschlossenheit auf Nicolás Vidal. Sie wußte alles, was draußen vor sich ging, auch ohne aus dem Fenster zu sehen, denn selbst in die weiten Räume ihres Hauses drangen die Laute dieser langen Marter. Doña Casilda wartete, bis die Besucher sich entfernt hatten, dann zog sie ihren Kindern die Sonntagskleider an und ging mit ihnen geradewegs zum Platz. Über dem Arm trug sie einen Korb mit Lebensmitteln und einem Krug mit frischem Wasser für Juana La Triste. Die Wachen sahen sie um die Ecke kommen und errieten, was sie vorhatte, aber sie hatten genaue Befehle, und also kreuzten sie vor ihr die Gewehre, und als sie weitergehen wollte, von einer wartenden Menge beobachtet, ergriffen sie sie bei den Armen und hielten sie fest. Da fingen die Kinder an zu schreien.

Richter Hidalgo war in seinem Arbeitszimmer gegenüber dem Platz. Er war der einzige Einwohner des Viertels, der sich nicht die Ohren mit Wachs verstopft hatte, denn er wachte über seinen Hinterhalt, er lauerte auf das Hufgetrappel der Pferde von Nicolás Vidal. Drei Tage und drei Nächte hatte er das Jammern seines Opfers und die Beschimpfungen der vor dem Gebäude zusammengerotteten Nachbarn ertragen, aber als er die Stimmen seiner Kinder erkannte, begriff er, daß er die Grenzen seiner Widerstandskraft erreicht hatte. Besiegt trat er aus dem Gericht, mit einem Dreitagebart, die Augen gerötet von den Nachtwachen und das Gewicht seiner Niederlage auf den Schultern. Er überquerte die Straße, betrat das Viereck des Platzes und ging auf seine Frau zu. Sie sahen einander traurig an. Es war das erste Mal in sieben Jahren, daß sie ihm Trotz bot, und das vor den Augen des ganzen Ortes. Der Richter Hidalgo nahm Doña Casilda den Korb und den Krug aus den Händen und öffnete selbst den Käfig, um seiner Gefangenen herauszuhelfen.

»Ich hab's euch ja gesagt, er hat weniger Mumm als ich«, lachte Nicolás Vidal, als er hörte, wie die Sache abgelaufen war.

Aber sein Gelächter schmeckte ihm am nächsten Tag bitter, als ihm hinterbracht wurde, daß Juana La Triste sich an der Lampe des Bordells, in dem ihr Leben verschlissen worden war, erhängt hatte, weil sie die Schande nicht ertragen konnte, daß ihr einziger Sohn sie in dem Käfig mitten auf dem Platz allein gelassen hatte.

»Dem Richter hat seine Stunde geschlagen«, sagte Vidal. Sein Plan bestand darin, bei Nacht in den Ort einzudringen, den Richter zu überrumpeln, ihn aufs eindrucksvollste umzubringen und in den verdammten Käfig zu schmeißen, damit am andern Tag beim Erwachen alle Welt seine gedemütigten Überreste sehen konnte. Aber dann erfuhr er, daß die Familie zu einem Badeort am Meer aufgebrochen war, um den schlechten Geschmack der Niederlage loszuwerden.

Die Warnung, daß die Banditen sie verfolgten, um Rache zu nehmen, erreichte den Richter auf halbem Wege in einem Gasthaus, wo sie angehalten hatten, um sich zu erfrischen. Der Ort bot keinen hinreichenden Schutz, bis etwa das Polizeikommando herbeigeeilt wäre, aber der Richter hatte ein paar Stunden Vorsprung, und sein Wagen war schneller als die Pferde. Er schätzte, daß er die nächste Stadt erreichen könne und von dort Hilfe erhalten werde. Er ließ seine Frau und die Kinder einsteigen, drückte das Gaspedal durch und raste los. Er hätte es mit seinem großen Sicherheitsspielraum schaffen müssen, aber es stand geschrieben, daß Nicolás Vidal an diesem Tag der Frau begegnen würde, vor der er sein Leben lang geflohen war.

Geschwächt von den durchwachten Nächten, der Feindseligkeit der Nachbarn, der erlittenen Beschämung und der Anspannung dieser Jagd, die Familie zu retten, machte das Herz des Richters Hidalgo einen Satz und zersprang ohne Laut. Der führerlose Wagen schleuderte, drehte sich einmal um sich selbst, kam von der Straße ab, holperte über die Randsteine und blieb glücklich im dichten Gestrüpp am Wegrand hängen. Doña Casilda brauchte einige Minuten, um sich über das Geschehene klarzuwerden. Sie war im Grunde darauf gefaßt gewesen, einmal Witwe zu werden, denn ihr Mann war fast ein Greis, aber sie hatte sich nicht vorgestellt, daß sie dann der Gnade seiner Feinde überlassen sein würde. Doch sie hielt sich nicht bei diesem Gedanken auf, denn sie begriff die Notwendigkeit, sofort zu handeln und die Kinder zu retten. Sie ließ den Blick über die Umgebung wandern und wäre am liebsten vor Verzweiflung in Tränen ausgebrochen, denn in dieser nackten, von einer gnadenlosen Sonne ausgebrannten Ödnis waren nirgends Spuren menschlichen Lebens zu entdecken, da waren nur die wilden Berge und ein vom Licht weißgeglühter Himmel. Aber bei einem zweiten Blick sah sie an einer Bergflanke den Schatten einer Höhle, und dorthin lief sie nun, die beiden Kleinsten im Arm; das dritte klammerte sich an ihren Rock.

Dreimal kletterte Casilda hinauf, um ein Kind nach dem andern fast bis zum Gipfel zu tragen. Es war eine natürliche Höhle, wie es viele gab in den Bergen dieser Region. Sie durchsuchte das Innere, um sich zu vergewissern, daß hier kein wildes Tier hauste, setzte die Kinder in den hintersten Winkel und küßte sie ohne eine Träne.

»In ein paar Stunden wird die Polizei uns suchen kommen. Bis dahin geht ihr auf keinen Fall hinaus, auch dann nicht, wenn ihr mich schreien hört, habt ihr verstanden!« befahl sie ihnen.

Die Kleinen kauerten sich verschreckt zusammen, und nach einem letzten Abschiedsblick stieg die Mutter den Berg hinunter. Sie kam zum Wagen, schloß ihrem Mann die Augen, schüttelte sich den Staub vom Kleid, brachte ihr Haar in Ordnung und setzte sich hin und wartete. Sie wußte nicht, wieviel Leute zu der Bande von Nicolás Vidal gehörten, aber sie betete, daß es viele sein möchten, so würden sie lange damit zu tun haben, sich an ihr zu befriedigen, und sie sammelte ihre Kräfte und fragte sich, wie lange sie brauchen würde, um zu sterben, wenn sie sich die größte Mühe gab, es ganz langsam zu tun. Sie wünschte, sie wäre üppig und stämmig, dann würde sie ihnen mehr Widerstand leisten können und so Zeit für ihre Kinder gewinnen.

Sie mußte nicht lange warten. Bald erblickte sie Staub am Horizont, dann hörte sie Pferdegalopp und biß die Zähne zusammen. Überrascht sah sie, daß da nur ein einzelner Reiter herankam, der, die Waffe in der Hand, wenige Meter vor ihr anhielt. Sein Gesicht war von einem Messerhieb zernarbt, und daran erkannte sie Nicolás Vidal, der beschlossen hatte, Richter Hidalgo ohne seine Männer zu verfolgen, denn dies war eine Privatangelegenheit, die sie nur unter sich abzumachen hatten. Da begriff sie, daß ihr etwas viel Schwereres bevorstand, als langsam zu sterben.

Dem Banditen genügte ein Blick, um zu erkennen, daß sein Feind vor jeder Strafe sicher war und in Frieden seinen Todesschlaf schlief. Aber da war seine Frau, die in dem flimmernden Licht zu schweben schien. Er sprang vom Pferd und ging auf sie zu. Sie schlug weder die Augen nieder, noch bewegte sie sich, und er blieb verblüfft stehen, denn zum erstenmal bot ihm jemand die Stirn, ohne Furcht zu zeigen. Einige endlose Sekunden lang maßen sie sich schweigend, jeder die Kräfte des andern abschätzend, jeder seine eigene Zähigkeit abwägend und anerkennend, daß er einem furchterregenden Gegner gegenüberstand. Nicolás Vidal steckte den Revolver weg, und Casilda lächelte.

Die Frau des Richters gewann jeden Augenblick der folgenden Stunden für sich. Sie wandte alle seit dem Morgendämmern des menschlichen Bewußtseins bekannten Verführungsmittel an und dazu andere, die sie, von der Notwendigkeit getrieben, auf der Stelle erfand, um diesem Mann die größten Wonnen zu bieten. Sie arbeitete nicht nur an seinem Körper als geschickte Handwerkerin, die jede Fiber abtastet auf der Suche nach der Lust, sie stellte auch die Verfeinerung ihres Geistes in den Dienst ihrer Sache. Beide wußten, daß sie um ihr Leben spielten, und das gab ihrem Beisammensein eine schreckliche Intensität. Nicolás Vidal war zeit seines Lebens vor der Liebe geflohen, er kannte nicht die vertrauliche Wärme, die Zärtlichkeit, das heimliche Lachen, das Fest der Sinne, das fröhliche Genießen der Liebenden. Jede verfließende Minute brachte die Polizei näher und damit das Erschießungskommando, aber sie brachte ihn auch dieser außergewöhnlichen Frau näher, und deshalb schenkte er sie gern hin im Tausch gegen die Gaben, die sie ihm darbot. Casilda war schamhaft und scheu und war mit einem strengen alten Mann verheiratet gewesen, dem sie sich nie nackt gezeigt hatte. Während dieses endlos sich dehnenden Nachmittags verlor sie nie aus dem Sinn, daß ihr Ziel war, Zeit zu gewinnen, aber in einem bestimmten Augenblick vergaß sie sich, bezaubert von ihrer eigenen Sinnlichkeit, und empfand für diesen Mann etwas,

was der Dankbarkeit nahekam. Deshalb bat sie ihn auch, als sie von fern das Geräusch der herannahenden Polizei hörte, er solle fliehen und sich in den Bergen verstecken. Aber Nicolás Vidal zog es vor, sie zu umarmen und ein letztes Mal zu küssen und so die Prophezeiung zu erfüllen, die sein Leben bestimmt hatte.

Zu dieser Ausgabe

insel taschenbuch 2362: Isabel Allende, Wenn du an mein Herz rührtest. Die Geschichten wurden ausgewählt aus: Isabel Allende, Geschichten der Eva Luna. Aus dem Spanischen von Lieselotte Kolanoske. Suhrkamp Verlag Frankfurt am Main 1990. Titel der spanischen Originalausgabe: Cuentos de Eva Luna, Plaza & Janés, Barcelona 1990. © Isabel Allende 1990. Umschlagfoto: Jerry Bauer

Das schöne insel taschenbuch in großer Schrift

it 2323

Isabel Allende
Das Geisterhaus
it 2341

Elizabeth von Arnim
Elizabeth und ihr
Garten
it 2338

Elizabeth von Arnim
Verzauberter April
it 2346

Emily Brontë
Die Sturmhöhe
it 2348

Hans Carossa
Eine Kindheit
it 2345

it 2332

Das schöne insel taschenbuch in großer Schrift

it 2328

Dostojewski
Der Spieler
it 2350

Gustave Flaubert
Ein schlichtes Herz
it 2314

Theodor Fontane
Effi Briest
it 2340

it 2344

Fröhlicher Advent
it 2356

Hermann Hesse
Jahreszeiten
it 2339

Hermann Hesse
Jedem Anfang wohnt
ein Zauber inne
2357

Das schöne insel taschenbuch in großer Schrift

Hermann Hesse
Lebenszeiten
it 2343

Hermann Hesse
Die Märchen
it 2349

Hermann Hesse
Mit der Reife wird man
immer jünger
it 2311

it 2315

André Kaminski
Nächstes Jahr
in Jerusalem
it 2334

Marie Luise Kaschnitz
Elf Liebesgeschichten
it 2306

it 2354

Das schöne insel taschenbuch in großer Schrift

Milan Kundera
Abschiedswalzer
it 2335

Milan Kundera
Das Leben ist anderswo
it 2347

Milan Kundera
Der Scherz
it 2342

it 2326

Ernst Penzoldt
Der dankbare Patient
it 2310

Edgar Allan Poe
Grube und Pendel
it 2351

it 2320